恋する記憶と甘い棘

黒崎あつし

幻冬舎ルチル文庫

CONTENTS ✦目次✦

恋する記憶と甘い棘

✦カバーデザイン＝吉野知栄（CoCo.Design）
✦ブックデザイン＝まるか工房

イラスト・金ひかる✦

恋する記憶と甘い棘

1

どーんと大きく空気を震動させて、夜空いっぱいに大きな花火が開いた。

白く輝く花火から、まるで滴り落ちるように金色のキラキラが垂れ下がっていき、その輝きが湖面にもチラチラと反射して、あたりは一気に明るくなる。

母方の親戚《しんせき》達と訪れた湖畔の街、従兄弟《いとこ》の功一郎《こういちろう》に肩車されていた永瀬涼《ながせりょう》は、他の人達よりずっと空に近い場所で、夜空に瞬く光の粒を見つめていた。

「凄《すご》い！　今までで一番大きい!!　――功ちゃん、見てる？」

軽く屈《かが》んで顔を覗《のぞ》き込むと、「見てる」と功一郎が僅《わず》かに微笑《ほほえ》む。

花火大会を見に来たものの、たくさんの大人達に視界を阻《はば》まれ四苦八苦していた涼を、無言でひょいっと担ぎ上げて肩車してくれた十歳年上の従兄弟。

まだ高校生ではあるものの、歩道から身を乗り出すようにして花火を眺めている地元の大人達よりもずっと大きい。

明るい花火に照らしだされたその顔は切れ長の目が印象的な男前で、涼はこの寡黙《かもく》で優しい従兄弟が大好きだった。

そんな従兄弟に結婚前提の恋人がいると知ったのは、涼が高校生になったばかりの頃。

二十代も半ばの男なら恋人がいるのも当然だと頭では理解しているのに、涼はその事実が酷《ひど》くショックだった。

ショックだったことで、気づいてしまったのだ。

功一郎を大好きだと思うこの気持ちが、どうやら恋に近いものらしいということに……。

そして涼は、大急ぎでその感情を封印をした。

恋だと認めてしまえば、今までのように気軽に功一郎に会いに行けなくなる。

功一郎の結婚が決まれば仲のいい従兄弟の涼は必ず結婚式に呼ばれるだろうし、お嫁さんになる女性とも親戚づき合いをしなきゃならなくなる。

この先、冠婚葬祭のつき合いが一生途切れない間柄だけに、この想いはあまりにも危険で重すぎた。

だから、慌ててその想いを封印した。

ひとりっこ同士、まるで兄弟のように、これからもずっと仲良くすごせるように……。

だが、その後、突然の不幸に見舞われた涼は、そんな自分の願いすらも手放さなければならなくなった。

★

目覚めた涼は、目を閉じたまま、ふと小さく微笑んだ。

(あの頃は、本当に楽しかった)

子供の頃、避暑で訪れた湖畔の街で見た地元の小規模な花火大会。

背の高い従兄弟に肩車された涼は、花火に手が届きそうだと大はしゃぎして、両手を思いっきり空へと広げていた。

自らの未来は、花火が舞うあの空のようにのびのびと広く、幸せに満ちたものになるだろうと確信して、幸福な未来を夢見ていた。

(……昔のことだ)

夢を見る余裕なんて、今の涼にはない。

今このとき、虎視眈々《こしたんたん》とこちらの隙《すき》を狙っている欲深い大人達に対抗すべく、常に気を張っていなければならないから……。

(現実に戻ろう)

ゆっくりと瞼《まぶた》を開けてすぐ、視界に入ってきたのは男の広い背中だった。

あり得ない光景に、涼は硬直する。

（……これ、誰？　っていうか、ここ、どこだ？）

見た感じ、いま自分が横たわっているのはキングサイズのベッドだ。

普段涼が使っているベッドはシングルだから、自分の部屋ではないことは一目瞭然《いちもくりょうぜん》。

男を起こさないよう、そうっと身体《からだ》の向きを変えて、部屋を見渡してみる。

十畳ほどあるだろうか。

ぎっしり本が詰まった大きな書棚と座り心地のよさそうなふたり掛けのソファ、洒落《しゃれ》た小さな丸テーブルにフロアライト、そして刃《やいば》のように尖《とが》った葉先の背の高い観葉植物。

ホテルではなく、個人宅の寝室のようなしつらえだ。

次いで、自分自身を見てみた。

（知らないパジャマだ）

淡いブルーの肌触りのいいパジャマは、袖の長さからしてジャストサイズ。

借りたのだとしても、すぐ側《そば》で眠る男のものではない。

（状況が全然わからない。なんで俺、こんな所にいるんだっけ？）

必死で記憶を漁《あさ》ってみたが、最後の記憶は昨日の朝、いつものように自転車で高校に向かったところでなぜか不意に途切れている。

その後、いったいなにがあったのか？

男を起こして状況説明をさせればー発でわかるかもしれないが、この男が自分にとって敵か味方かの判断もできない。

迂闊《うかつ》に頼ってしまうのは、怖い。

(起きよう)

起きて、服を探して着替えて、いったんここから逃げるしかない。

連絡もなく一晩留守にすることなどなかったから、きっと母も心配しているだろうし……。

眠る男を起こさないよう、そうっとベッドの端に移動すべく身じろぎしたとき、身体に奇妙な違和感を覚えた。

(なんだろう、これ……)

気怠《けだる》いとでもいうのだろうか?

疲れているわけではないようだが、なにか少し身体を動かすのが億劫《おっくう》な感じがする。

一番の違和感を覚えるのは下半身だ。

痛みとかは感じないが、なにかが挟まっているような奇妙な感覚がある。

どうしたんだろうとおそるおそる触れてみたが、特になにも変わったものはないようだ。

首を捻《ひね》りつつ、そっとベッドから足を降ろして床に立ち上がる。

と、その瞬間、なぜかぐらっと視界が揺らいだ。

強烈な眩暈《めまい》に襲われた涼は、その場にぺたんとへたり込んでしまった。

(なんなんだ、これ?)

眩暈を感じることなんて、今まで滅多になかった。

もしかして、なにか悪い病気にでもかかっているのだろうかと不安になりながら、そろそろと這《は》って出窓がある壁まで辿《たど》り着き、壁にすがりながらそうっと立ち上がってみた。

立ち上がるとやっぱり少し眩暈がしたが、さっきほど酷くはない。

ほっとした涼は、カーテンを少し開けて外の景色を見てみた。

早朝の街は朝靄《あさもや》に煙っていた。

昨夜雨でも降ったのか、庭の樹木が濡《ぬ》れている。

庭を見た感じでは、たぶんここは一軒家の二階部分らしい。

樹木の目隠しの隙間から見える光景から判断するに、どうやら閑静な住宅街。

見える風景に心当たりがなくてがっかりしていると、不意に「涼？」と背後から声をかけられた。

（やばっ）

カーテンを開けて部屋に光を入れたことで、男の目覚めを誘ってしまったようだ。

おそるおそる振り向くと、ベッドの上で上半身を起こした男がこっちを見ていた。

「早起きだな。もう少し寝ていればいいのに……」

眠そうに目を瞬《しばた》かせながら、こちらを見つめるその顔に、涼は見覚えがある。

「……功さん？」

夢ではまだ高校生だった従兄弟の功一郎、その現在の姿がそこにあった。

だが、その姿には、やっぱりなにか違和感がある。

(髪が短くなったから？　いつ切ったんだろう)

たぶん、今まで見た中で一番短い。

大柄で彫りの深い男前の功一郎に短髪はよく似合っていて、男っぷりが上がっていた。

(あと……なんだろう？　前より、少し表情が柔らかい？)

もしかしたら、まだ寝ぼけ顔で、切れ長の目がぼやっとしているせいかもしれないが……。

ぼんやりと違和感の正体を探っていると、ベッドから降りた功一郎が歩み寄ってきた。

(あれ？)

目の前に立つ従兄弟の姿に、涼はまた違和感を覚えた。

「変な顔して、どうした？」

功一郎が手の平で涼の顔を包み込むようにして触れ、親指で頬《ほお》をくすぐる。

薄く笑みを浮かべたその唇が、ごく自然な仕草で涼の頬に触れた。

「……え？」

突然の頬へのキスに、涼は緊張してビクッと身体を硬直させる。

(功さんが、キスだなんて……)

あり得ない。

どちらかといえば無骨な人だったはずなのに、いつのまにこんなにアメリカナイズされてしまったんだろう？

従兄弟の変貌ぶりにただただびっくりして見つめていると、そんな涼を不思議そうに見つめ返していた功一郎は、不意にハッとしたように一歩後ろに下がった。

その顔色が、みるみるうちに青ざめていく。

「功さん、大丈夫？　あのさ……ここ、どこ？　俺、功さんと会う約束してたっけ？　母さんも知ってるのかな？　――変なこと言うみたいだけど、実は俺、昨日の朝までの記憶しかないんだ。後のことはなんにも思い出せなくてさ」

寡黙な質《たち》の功一郎と会話を成立させるには、とにかくこっちからいっぱい話しかけないといけない。

子供の頃に覚えたスキルをフル活用して話しかけてみたが、功一郎は返事をしなかった。

「功さん？　あの……」

俺の話、聞いてる？　と一歩前に出て確認しようとしたのだが、その前に大きく腕を広げた功一郎にぎゅうっと抱きすくめられてしまった。

「え？　ちょっ……なに？」

キスしてみたり抱き締めてみたりと、今までの功一郎からでは考えられない行動の数々に涼は混乱した。

わけがわからない状況が、なんだか怖い。

身じろぎして功一郎の腕から逃れようとしたが、抱き締める腕の強さのほうが勝っていて、ビクともしない。

「少しだけ……。今だけでいいから、じっとしててくれ」

涼の髪に顔を押し当てながら、功一郎が酷く切なそうな、絞り出すかのような声で告げる。

(どうしたんだろう?)

いったいなにが起こっているのかわからないが、功一郎にそんな辛《つら》そうな声を出されてしまっては、もう逃げることもできない。

涼は言われるままじっとして、功一郎の肩口に大人しく顔を埋《うず》めた。

ぎゅうっと抱き締める強すぎる腕の力は苦しいほどだったが、ぴったり合わさった身体から功一郎の鼓動と体温が伝わってくると不思議と落ち着いた気分になってくる。

(こんな風に誰かに抱き締めてもらうのって、何年ぶりぐらいだろう)

子供の頃は、よく両親にぎゅうっとされていた。

中学になると照れくささを感じるようになって、止《や》めてよと、逃げるようになってしまったが……。

(……逃げなきゃよかった)

優しい腕と温かな胸に抱かれる安心感。

そんな距離感ゼロの関係を築ける相手なんて、年を重ねれば重ねるほど限られてくるものだから。

（まさか、功さんがこんなスキンシップをしてくるなんて……）

涼が知っている功一郎からは考えられない事態だ。

が、これも悪くはない。

涼は功一郎の腕の中にすっぽりと抱き込まれたまま目を閉じ、伝わってくる鼓動を無意識のうちに数えていた。


しばらくして、やっと解放された。

「悪かった。びっくりさせたな」

「別にいいけど……。――とにかくさ、状況教えてくれよ」

抱き締められていたのがなんとなく照れくさくて、涼は照れ隠しにちょっと唇を尖らせる。

「そうだな。……まず、なにから説明したらいいか」

功一郎は額に手を当てて少し考え込んだ。

「よし、まずは鏡を見るか」

「鏡？」

「そう、こっちにおいで」

肩を抱かれて歩かされると同時に、さっき感じた眩暈が再び襲ってきた。

「涼、どうした？」

さっきよりは全然マシで、立ちくらみ程度の眩暈だったが、不安感から思わず立ち止まった涼を功一郎が心配そうに見る。

「なんか、さっきから立って動くと妙な眩暈がして……。俺、病気かな」

「眩暈？　……いや、病気なんてしてないはずだ。たぶんそれは……」

「なに？」

「鏡を見ればわかる。とりあえず目を閉じてみて」

言われるままに目を閉じると、抱かれた肩を押された。

また眩暈がするんじゃないかと不安だったが、促されるまま歩き出しても今度は不思議と眩暈は襲ってこない。

なんで？　と不思議に思いながら、功一郎の動きに合わせて立ち止まる。

「目を開けて」

おそるおそる目を開けると、扉の一部が鏡張りのクローゼットの前に立っていた。

涼は、そこに映った自分の姿に唖然《あぜん》とする。

「……え？　これ、……俺？」

ぱっと見て一番先に感じたのが、髪が長いということ。

昨日の朝までは普通に短かったのに、今は一番伸びた部分で肩にかかりそうなぐらいの長さがある。

逆ならともかく、髪が一日でこんなに伸びるわけがない。

しかもただ伸びただけじゃなく、スタイリッシュな感じに綺麗《きれい》にカットまでされている。

そして顔も微妙に変わっていた。

柔らかな茶色の髪が覆っている涼の顔は、和風美人の母親似で品良く小綺麗だ。

血縁故か功一郎と似通った切れ長の目で、瞳は虹彩がはっきり見える淡い琥珀色《こはくいろ》。

どこがどうとはっきり指摘できないが、目元や口元、そして顎《あご》や鼻が、ほんの少しずつ記憶の中の自分の顔とずれている。

「もしかして……俺、年取ってる？」

思わず側に立つ功一郎を見上げて、はっとする。

「功さんも？」

さっき、寝起きの功一郎を見たときの違和感の正体がやっとわかった。

記憶の中の功一郎より、今の功一郎はほんの少し渋みを増しているのだ。

「眩暈がしたのは、たぶん身長が伸びたせいだろう。ここ数年で十センチ以上伸びてるから、記憶の中の視点の高さとのギャップに、たぶん脳が戸惑ってるんだ。きっとすぐに慣れる」

「俺、そんなに背が伸びてるんだ」

見上げた功一郎との顔の距離、それが確かに以前とは違う。

(そうか、さっきの違和感はこれか)

目の前に功一郎が立ったときになにか変な感じがしたが、以前より身長差が縮まっているせいだったのだ。

「えっと、ちょっと待って……。なにがどうなってるんだか、わかんないよ」

一日しか経過していないと思っていたら、どうやら現実では数年経《た》っていたようだ。

このプチ浦島太郎状態に、涼は酷く混乱した。

状況を素直に認めることができず、異世界に迷い込んだような恐怖が募っていく。

(き、気持ち悪い)

呆然《ぼうぜん》と立ちつくしたままぶるぶると震え出した涼の両手を、功一郎の両手が包み込んだ。

「大丈夫だ。怖くない。俺がついてる」

「功さんが？」

「そうだ。覚えてないだろうが、俺はずっとおまえの側にいた。これからも側にいる。——だから、安心していい」

(安心だなんて……)

この一年、涼は疑心暗鬼に駆られて、ずっと緊張感に晒《さら》され続けてきたのだ。

周囲の者はすべて敵だと疑ってばかりで、大好きだったこの従兄弟からの救いの手を取ることすらできずにいた。

安心するなんて無理だ。

そう思ったのに、ぎゅっと功一郎に握られた手から、徐々に身体の震えが収まってくる。

「今までのことを説明する」

座ろう、と功一郎に促され、ソファに並んで腰かけた。

「今日が何日か言えるか？」

「今日？　今日はえっと……昨日が十月十七日だったから、十八日」

「そうか。そこまで戻ってるのか」

「戻る？」

「そうだ。いいか、よく聞くんだ。今日は十月六日だ」

「え、じゃあ、一年も経ってるのか」

「違う。そうじゃない。三年だ」

「…………え？」

さんねん？　と、涼が呆然として呟《つぶや》くと、功一郎はそうだと深く頷《うなず》く。

「え、じゃあ……母さんは？」

「事情があっておまえと一緒に暮らしてないが、美沙叔母《みさおば》さんはちゃんと元気にしてる」

「元気に？　俺がいないのに？」

「心配ない。三矢《みつや》弁護士がついているから」

「でも……だって……」

彼女は弱い人だった。

だから、自分が側にいて守ってあげなければいけないのだ。

父が不慮の事故で死んでからのこの一年間、ずっとそうやって側で守ってきたのに……。

「涼、落ち着きなさい」

混乱する涼の手を功一郎はもう一度握りしめた。

「お母さんのことを考えるのは、自分の状況を把握した後だ。——これを見なさい」

功一郎は握った涼の手を引き寄せると、その袖をぐいっと肘《ひじ》まで捲《めく》った。

「なに、この傷」

右手の肘より少し下のところに、記憶にない十五センチほどの長い傷跡がある。

「おまえは、交通事故にあったんだ」

「事故？」

「そう。自転車での登校途中に、一晩飲み明かして泥酔状態の男が運転する車に後ろから追突されたんだ」

警察の話では、ぶつかった瞬間、涼は背後から迫る車にまったく気づいておらず、なんの心の準備もない状態だったらしい。

かなりのスピードを出した車に背後から突っ込んで来られて、その衝撃で涼が自転車ごと宙に浮いたのを目撃した人もいたそうだ。

「腕と膝《ひざ》をざっくり切って、足と肋骨《ろっこつ》を骨折した。後は背中一面に打撲傷を負ったんだ。かなり酷く打ったようで、背中の打撲痕はずっと消えずに残っていたよ。やっとここ最近、近くからよく見ないとわからないぐらいに薄くなってきたが」

鏡越しで見ても、きっとわからない程度だろうと、功一郎が言う。

(功さんは、近くで見たってことか？)

それはいったいどういう状況なんだろう？

そんな疑問が涼の脳裏をよぎったが、とりあえず今はそんなことを考えている場合じゃないと、話を続ける功一郎の声に耳をすました。

「事故の状況から考えると、それでも信じられないような軽症だったんだ。内臓の損傷もなかったしな。無意識のうちに受け身をとったんだろうと、医者が褒めていたよ」

事故の知らせを聞いた者達は、怪我《けが》の少なさを奇跡だと喜んだ。

が、その喜びは時間とともに消えていく。

頭部を打っていた涼が目を覚まさなかったからだ。

「頭も怪我したのか。あ、もしかしてハゲた？　だから俺、髪を伸ばしてんの？」

焦る涼を見て、「違う」と功一郎は小さく笑った。

「ちょっとだけ傷跡が残ってるが、それも小指の爪の半分程度だ。怪我自体が軽くて、MRIでも問題がなかったから、目覚めないおまえに随分やきもきさせられたよ」

「俺、それからずっと寝てたわけ？」

「いや、そのときは三日後に目を覚ましたんだ。――ただし、記憶を失って……」

「記憶喪失ってこと？　……自分が誰だかわからなくなってたんだ」

「いや、それはわかってた。ただ、丸一年ほど記憶をなくしてたんだ」

「一年？」

（一年前っていったら……）

涼にとっての一年前、つまり現在から数えると四年前、涼の父が不慮の事故で命を落としている。

「じゃあ、父さんが死んじゃったことも忘れてたのか？」

「いや、そうじゃない。おまえは、叔父《おじ》さんが亡くなった日まで戻ってしまったんだ」

「……あの日に」

それは、涼の人生で最悪の日だった。

夕食の支度を終えたテーブルで、遅いねと、母とふたりで父の帰りを待っていると、警察から電話がかかってきて父が事故に遭ったことを知らされた。

ふたりで病院に駆けつけてすぐ、医者から、父が危険な状態だと告げられた。

母とふたり、恐怖と不安で震える手を取り合って、助かりますようにと必死で祈り続けることしかできなかったあの長い夜。

待合室の窓から見える夜の街は、父の事故の原因にもなった季節外れの台風の影響で風雨が酷く、窓硝子《ガラス》越しに聞こえてくる雨風のうなり声が酷く恐ろしかったのを覚えている。

そして翌朝、朝日が昇りかける時間帯に、父は目覚めることなく旅立ってしまった。

あの朝の絶望と悲哀がフラッシュバックして、涼は両手を握りしめた。

「おまえは、ちょうど見舞いに来ていた俺の前で目を覚ましたんだ。——目覚めてすぐ、『父さんが死んじゃった』ってボロボロ泣いて、泣いて……。なぜ二度も同じ辛さを味わわなければならないのかと運命を呪ったよ」

あの朝の悲しみは、今でも色あせることなく覚えている。

涙が後から後から溢《あふ》れ出て止まらなかった。

母とふたり、抱き合って泣き続けた。

だが、本当の悲しみ——いや、辛さはその後に訪れたのだ。

涼の父は携帯コンテンツの会社を経営していて、その業種では常にトップのシェアを誇っていた。

父の死後、未成年の涼が跡を継げるわけもなく、弁護士の勧めに応じて会社を売却したのだが、その売却額は億単位になった。

それに経営者故の多額の生命保険金と事故の慰謝料等も加わり、涼と母は思いがけない大金を手にすることになる。

そして、その直後から、世界は涼達親子に冷たくなった。

最初に変化したのは父方の親戚達。

かつて一度だけ父の会社が傾きかけたことがあり、そのときに自分達に迷惑をかけるなとほぼ絶縁されていたというのに、涼達が大金を手にした途端すり寄ってきたのだ。

開業資金の融通に協力したから売却益の一部を受け取る権利があるだの、母子家庭では不用心だろうから同居してやるだのと、奇妙な言いがかりや要求を突き付けてきた。

次に現れたのは、慈善団体や新興宗教等の寄付を求める人々だ。

それまで親しくつき合ってきた人達がそれらの人々を引きつれて、無理矢理家に上がり込もうとしたり、生前の父が寄付をしてくれると約束していたと事実無根の要求をしてきたりした。

美術品の類《たぐい》を売りつけようと企んだり、いい儲《もう》け話があるからと投資を勧める人もいた。

酷いときは母とふたりで行った外出先で恫喝《どうかつ》じみた勧誘を受けたり、わざと人前で守銭奴と罵《ののし》られたこともある。

遺産目当てで父の事故死を仕組んだのだろうと、夫の死から立ち直れずにいる母の耳元で囁《ささや》く者すらいたのだ。

父の生前から面倒を見てもらってきた三矢弁護士が懸命に対策を講じてくれたお陰で、それらの攻撃は二ヶ月ほどで一段落したが、その頃には母はもう精神的に弱りすぎていて、ひとりでは外に出られないほどの状態に陥っていた。

涼は、そんな母をその後もひとりで必死に守り続けた。

三矢弁護士が築いた防壁を突破して突撃してくる者がまだいたから、母の盾となって悪意を持って近づいてくる大人達と戦い続けていたのだ。

(あれを全部忘れちゃったのか……)

父の死の直後に戻ったというのならば、そういうことだ。

大金が絡んだときの大人達の貪欲さと狡猾《こうかつ》さ、そして母子ふたりならなんとでもなるだろうと、まるで獲物を狙うがごとくの悪意に満ちた目。

父親の葬式の後すぐ、否応なくそれらに晒された涼は、母と自分を守るために強くならなければならなかった。

目の前にいる人が、自分達の敵か味方かなんて判断している余裕はない。

自分達に近づく者はすべて敵だと、まるでハリネズミのような刺々《とげとげ》しさを全身に纏《まと》って、必死で戦い続けてきたのだ。

父の死を静かに悼むことができない悔しさを、必死で押し殺しながら……。

事故の後、それらすべてを忘れて病院で目覚めた自分は、その後、父の死を静かに悼むことができたのだろうか？

　涼がそんなことを考えていると、「美沙叔母さん——お母さんは、泣きじゃくるおまえを見て、ショックを受けているようだった」と功一郎が再び口を開く。

「涼が泣くのを見たのは、葬式の日以来だと言っていたな。この一年、自分ばかりが喪に服していたようだとも……」

　襲い来るトラブルに怯《おび》えて泣くばかりで、自分を守ってくれようとする息子にずっと甘えきっていた。

　本来ならば、親である自分が、あの子を守ってあげなければいけなかったのに……。

　今こそ自分が、記憶をなくしたあの子を守ってあげるべきなのだろうが、心ばかりか身体まで弱ってしまっている状況では、残念ながら不安がっているあの子を支える強さがない。

　一緒にいてはきっと共倒れになってしまう。

　——私の代わりに、あの子を守ってあげて欲しいの。お願いします。

　涼の母は功一郎にそう言って、頭を下げたのだそうだ。

「それで、俺が記憶をなくしたおまえを預かることになった。お母さんがいま側にいないのは、そういうわけなんだ」

　理解できたか？　と問われて、涼はおずおずと頷いた。

（俺は何度も功さんを拒絶したのに、それでも助けてくれたんだ）

――困ったことがあったら、いつでも連絡するといい。なにをおいても駆けつけるから。

父の葬式の直後、功一郎にそう言われた。

でも涼はそれを、大丈夫だからと言って断った。

父の死のちょうど三ヶ月ほど前、功一郎の父親も亡くなっていて、その死と同時に、彼が経営していた会社に多額の借金があることが判明していた。

その頃の功一郎は、父親が傾けた会社を立て直すためにそれこそ不眠不休で駆け回っている状態だったから、甘えることはできないと思ったのだ。

そしてその後、大金を得たことでおぞましいトラブルに晒されるようになったときにも、功一郎は何度か手を差し伸べてくれた。

そのときも涼は、その手を取らなかった。

優しかった知人達が欲に目が眩《くら》んで手の平を返したように態度を変えるのを何度も見て、すっかり疑心暗鬼になってしまっていたせいだ。

功一郎に限ってそんなことはないと信じていたけど、万が一にも、功一郎の態度が変わることがあったりしたら、それこそショックで立ち直れなくなると怖くて、どうしても差し出された手を摑《つか》むことができなかったのだ。

拒絶する涼を見て、功一郎が悲しげな表情になったのを胸の痛みと共に覚えている。

「この三年、少なくとも俺の目に映ったおまえは幸せそうだったよ」

「そうなんだ……。でも、なんでまた三年間の記憶が飛んじゃったんだ？　俺、また頭でも打ったのかな？」

「いや、怪我はしてないはずだ。ただ……」

少し言い辛そうに、功一郎が言い淀む。

「なに？」

「昨夜は、まるで台風のような暴風雨だったんだ。お父さんが亡くなった夜を思い出して辛くなるようで、そういう夜にはいつも精神的に不安定になっていた。そういうことも、少しは関係しているのかもしれない。専門家じゃないから、はっきりそうだとは言い切れないんだが……。——今のおまえも、暴風雨の夜が苦手か？」

「……うん、ちょっとだけ」

唸《うな》るような強い雨風の音を聞くと、病院の待合室で父の容態の変化に怯えていたあの夜にどうしても心が戻ってしまう。

母に言えば心配をかけるだけだから、誰にも言わず、ひとり布団を被《かぶ》り耳を覆ってやり過ごしてきたのだが……。

(前の俺は、功さんにちゃんと打ち明けてたのか)

不安を打ち明けることができる相手がいたなんて、正直羨《うらや》ましい。

「涼、ひとつ確認したいことがあるんだが」

「なに？」

「これからも、ここにいるってことでいいな？」

「……え？　あ、でも、母さんは？　記憶が戻ったんだから、母さんの所に帰っても大丈夫なん……。──あれ？　俺……」

不意に、いま自分が陥っている事態を涼はしっかり理解した。

「俺……記憶が戻ったのか？　もしかして、なくしたことになるんじゃ……」

ここで三年間暮らしていた、前の自分の記憶は一年分抜けていた。

そして今、ここにいる自分の記憶は三年分抜けている。

失った時間の長さで考えれば、今の自分のほうが、より状態が悪いんじゃないだろうか？

「三年経ったってことは、今、俺、二十歳？　誕生日前だから十九歳か……。ってことは、大学生？　それとも、もう働いてたりとか……」

まるっきりわからない。

この三年、どこで誰と会い、なにをしてきたのか。

伸びた身長と髪、微妙に変わった顔立ち。

三年という時間のすべて。

今の自分を取り巻く世界のことを、涼はなにひとつ知らない。

「でも俺、まだ高校生だし……」

昨日まで同じクラスですごしていた友達連中は、とっくに高校を卒業して、今はなにをしているだろうか？

記憶を取り戻したからといって、あの朝、登校するつもりだった高校に戻ることはもう不可能なのだ。

まるっきり周囲の状況が変わってしまったこの三年後の世界で、いったいどうやって生きていったらいいものか……。

急に足元が不安定になったような感覚に、涼は酷く混乱した。

見知らぬ世界にひとりで放り出されてしまった恐怖に、握りしめた両手が目に見えるほどぶるぶる震える。

その両手を、功一郎はまた強く握りしめてくれた。

「大丈夫。大丈夫だ。怖がらなくていい。この三年間に起きたことは俺が全部知っている。ちゃんと教えてやるから」

焦らず、ゆっくり今の世界に馴染《なじ》んでいけばいい、と功一郎が言う。

俺が側で支えるから……と。

力強いその言葉に、手の震えが次第に止まっていく。

（頼っちゃってもいいのかな？）

失った三年間の間、どうやら自分は功一郎に素直に頼っていたようだ。

が、その自分は、父の死後一年間に起こったことを知らない。

優しい両親に愛されて育ち、父の死以外の不幸を知らない、いわゆる箱入り息子というやつなのだ。

だが今の自分は、人の心の醜さ、欲に駆られた人間の信頼のおけなさを知りつくしてしまっている。

目覚める前に見た子供の頃の幸せな夢の余韻が残っていたせいか、警戒心を持たずにすんなり功一郎へも心を開いていたが、なんだか急に、ここ一年で心に染みついてしまった不信感がむくむくと目覚めてきた。

(功さんは、俺を裏切ったりしないだろうけど……)

でも、万が一ということもある。

それに、箱入り息子だった前の自分と、欲絡みのトラブルに遭い続けてきた今の自分とでは、きっと性格も違うだろう。

警戒心むき出しで疑い深く、ハリネズミのように攻撃的な今の自分と比べたら、どう考えても前の自分のほうが性格がいいはずだし……。

(比べられて、失望されたらどうしよう)

失望されただけじゃなく、こんなんじゃ前の涼のほうがよかったと思われるかもしれない。

なんで今ごろ記憶を取り戻してしまったのかと、憎々しく思われてしまうかもしれない。

（……怖い）

本来、涼は臆病者だった。

弱い自分を知っているからこそ、トラブルに遭うと余計にかまえてしまう。

傷つけられないようにと虚勢を張って、ハリネズミのように全身に棘《とげ》をつけて……。

（嫌だ）

涼は、功一郎の手を乱暴に払い除けた。

「ここにいるかどうか決める前に、母さんに会いたい。会って、功さんの話が本当がどうか確認してからでないと返事できない」

決して、功一郎を疑っているわけじゃない。

それでも今の涼は、一時的な逃げ道を必要としていた。

「……わかった。ただ、すぐには会わせられない」

「なんで？」

「元気なんだが、美沙叔母さんは静養を兼ねてちょっと遠い所にいるんだ。こっちに戻るには時間がかかる」

「そんな……」

「でも、電話でなら話せる」

少し待っててくれと、功一郎は携帯を手に寝室から出て行った。

しばらくして戻ってくると、手に持っていた携帯をそのまま涼に手渡す。

「出て。——お母さんと繋《つな》がってる」

「あ……りがと。——もしもし？」

携帯を耳に当てると、『涼？』と呼びかける母の声が聞こえた。

その声の響きに、涼は一瞬、あれ？　と違和感を覚える。

『記憶が戻ったんですってね』

「うん、そう。で、三年分またなくしちゃったみたい」

『心配しなくても大丈夫よ。また前のときみたいにやり直せばいいだけなんだもの。——功一郎さんが助けてくれるから』

この三年、本当によくしてもらっていたのよ、と告げる母の声は、父の生前を彷彿とさせるような明るさだった。

（……俺の知ってる母さんじゃない）

行ってらっしゃいと、高校に行く涼を見送ってくれた母は、心と身体を害していて、もっと弱々しく暗い声で話していたから……。

「母さんは、ひとりで大丈夫？」

「え？　あ、ええ。大丈夫よ。楽しく健康に暮らせてるわ」

だから私のことはなにも心配しないで、と母が告げる。

（そんな……）

他の人にとっての時間が三年過ぎていたとしても、涼にとってはまだ昨日のことなのだ。

昨日までの涼にとって、世界中が敵だった。

ほんの一日前までは、弱い母を守るために必死でハリネズミのように棘を出して周囲を威嚇し続けていたのに、今日からはそれをする必要がないと言う。

そして、守ってきた母は、もう自分を必要としていない。

ひとりでぽつんと放り出されたような気分だ。

守る者がいる間は気を張って立っていられたけど、守る者がない今、どうやって自分を支えたらいいのかもわからない。

携帯を切った後、涼は酷く不安になった。

拳《こぶし》を握りしめる気力もなくして、両手で自分の身体を抱き締める。

「心配しなくても大丈夫だ。俺がいるから……」

そんな涼の頭を功一郎が、くしゃっと撫《な》でる。

（さっきみたいに、ぎゅってしてくれたらいいのに……）

ぴったり身体をくっつけて、伝わってくる鼓動と体温を感じる。

そうしたらきっと、この不安も消えるだろうに……。

（……寂しい）

不意に、そんな気持ちが胸の奥から湧《わ》いてきた。

不安でも、恐怖でもなく、ただ寂しい。

(なんで寂しいんだ？)

功一郎は、俺が側にいると言ってくれてる。

ひとりじゃないんだから寂しいと感じる必要なんてないはずだった。

この寡黙で優しい従兄弟の言葉に嘘がないことは、誰よりもよく知っているのに……。

それともこの寂しいという想いは、すこんと抜け落ちた三年分の記憶の持ち主である、もうひとりの自分の、その心の残り香のようなものか？

(そうだよな。おまえにだって、なくしたくないものがあったはずだよな)

プライベートでのトラブルが多かった分、高校生活は楽しかったと思う。

母とふたりの生活も、トラブルがないときはそれなりに穏やかで幸せなものだった。

自分がそれらすべてを不意になくしてしまったように、この三年間を生きてきた自分も、涼が表に出てしまったことで、それらすべてから無理矢理引き離されてしまったのだ。

(三年分の記憶、戻ることってあるのかな？)

行ったり来たり、抜け落ちた時間軸がひとつになったら、いったい自分はどうなるのだろう？

箱入り息子のまま育った前の自分と、ハリネズミのように棘だらけの今の自分。

うまく混ざり合ったりすることがあるのだろうか？

（……わからない）

わからなすぎて、この先の自分の姿を想像できない。

涼は自分で自分の身体を抱き締めたまま、えたいの知れない寂しさにぶるっと大きく身を震わせた。

2

翌日は、朝食を食べた直後から、自分のものだと言われた部屋に閉じこもった。

仕事に行く前の功一郎から、眩暈も治まったんだし気晴らしに近所を散歩でもしたらいいと言われていたが、とてもじゃないがそんな気にはなれなかったのだ。

(知らない人に声かけられたら、どうしたらいいんだよ)

前の自分の知人に挨拶されても、今の涼は相手のことをまったく知らないのだ。

いちいち、一度失った記憶が戻ったら、その間の三年間の記憶がなくなってしまったので、俺はあなたのことをこれっぽっちも知りませんと、会う人ごとに説明するわけにもいかないだろうし……。

昨日は、あの後、功一郎に連れられて医者に行った。

色々検査をされたが、身体には異常なし。

なぜ突然記憶が戻ったのか、そして失った三年間の記憶が今後戻ることがあるかどうか。

医者に聞いてみたが、わからないと言われた。

ただ、記憶が戻る確率は低いだろうと……。

戻ったとしても、穴抜け状態になっている記憶が綺麗に繋がる可能性も低い。

もしかしたら、今こうして話している涼の記憶自体が抜け落ちることにもなりかねない。人間の脳の仕組みは難しく、解明されていない部分が多い。一度なくした記憶が戻ったことも、一種の奇跡みたいなものだと……。

(奇跡……か)

綺麗さっぱり消し去られてしまった前の自分にとっては、まさにこの世が終わるほどの不幸だろうに……と、涼は皮肉な気分になったものだ。

「それにしたって、ここ、本当に俺が住んでた部屋なのかな」

二面に大きな窓がある八畳ほどの明るい洋間には、前の自分が日常的に使っていただろうものが綺麗に整頓しておかれてあった。

だが、それらすべてが涼に違和感を与える。

大きなクローゼットに入っている服は、サイズ自体は今の自分の身体にぴったりだが、生憎《あいにく》と趣味がまったくと言っていいほど合わないのだ。

今の涼の好みは、すぐに脱ぎ着できるような柔らかな素材のラフな服なのだが、クローゼットにある服は、きちっとした襟のついた、ちょっとかしこまったような上品なものばかり。棚に並べられたCD類は、管弦楽のカルテットや、ソロのピアニストのものがずらっと並んでいて、以前聴いていたポップな邦楽系はほとんどない。

書棚には、以前は気晴らしでよく読んでいた漫画の類が一切なく、経済の専門書みたいなものや、普通の小説の類がずらり。

(ミステリーならともかく、歴史小説まである)

剣客物なんて、以前はテレビドラマですら見たことがなかったのに……。

「いくらなんでも、絶対に変だって……」

父が死んだ直後から一年間の記憶をなくしていたからといって、趣味がここまで変わるなんてあり得ないと思う。

あの人間不信になる日々を覚えていないのなら、むしろ今の自分より明るく解放された性格になっていそうなものなのに、部屋を見る限りでは、やたらと真面目《まじめ》で辛気くさい感じがするのだ。

「いったい、なに考えてたんだよ」

以前の自分に話しかけてみたが、当然返事があるわけもない。

趣味が理解できないせいか、両親と最後に一緒に写した写真が飾られていなければ、ここはまるで他人の部屋のようだ。

「……しかたないか」

少し前の自分がなにを考えていたか知るためだと、涼はまだ手つかずだったアンティーク調のどっしりした机を調べてみることにした。

机の上にブックエンドで挟んで置かれてある本は、大学の授業で使うもののようだ。

他人のプライバシーを侵しているようなドキドキ感を覚えながらも、机の引き出しを一段一段開けていく。

メインの薄い引き出しにはノートパソコンとその説明書、その脇の引き出しの一段目と二段目には大学で使っていたノートやら書籍らしきもの、三段目には携帯やオーディオ関係の説明書など、そして一番大きな下の引き出しには高校時代のものとおぼしきものがぎっしり。

「おっ、成績表だ」

今の涼が経験できなかった高校三年の成績表を見つけて引っ張り出す。

開いてみると、以前の自分よりずっといい評価がついていた。

「……むかつく」

ペッと、引き出しの中に放り投げ、さらに中を漁っていると一番下から小さな写真立てが出てきた。

「……これって、功さんだよな」

たぶん、今の涼がかつて知っていた功一郎より、少しだけ未来の功一郎だ。

仕事中の姿を隠し撮りでもしたのか、真剣そうな横顔が映し出されている。

「なんでわざわざ写真立てに入れてるんだ？」

しかも、引き出しの最下層に隠してあるのも解せない。

前の自分の考えが理解できず、涼は首を傾《かし》げた。

(――ああ、そっか……。再燃したのかも)

かつて、自分が功一郎に淡い恋心を感じていたことを、涼は思い出していた。

一緒に暮らすうちに、あの気持ちが再燃してしまったのだろうか？

そもそも、昨日目覚めたとき、功一郎の寝室で眠っていたのも変な話なのだ。

自分のこの部屋にも、寝心地のいいベッドがあるのに……。

昨日、功一郎にそのことを聞いたが、前日の夜に激しい雨が降ったからだと言われた。

暴風雨の夜、涼はひとりではなかなか眠れないから、少しでも不安を感じさせないよう側にいたのだと……。

(確かに、俺も風の強い夜はなかなか眠れなかったけどさ)

でも、前の自分は、今の自分より年を重ねているはず。

しかも不安を打ち明けられる人も側にいたのだ。

それでもなお、そこまで心の傷が癒えていないというのだろうか？

わざわざ、年上の従兄弟に添い寝を頼まねばならないほどに？

功一郎から話を聞いたときは、そういうことにしておいてやると無理矢理自分を納得させたが、時間が経てば経つほどあらぬ疑いが濃くなっていく。

昨日目覚めたとき、身体に妙な違和感があったのも、涼を落ち着かない気分にさせていた。

お風呂に入ったとき、身体にぽつぽつと赤い痣《あざ》みたいなものがついていたことも……。

（この三年の間で、そういうことになってたってことか？）

もしそういうことなら、なぜ功一郎は、それを自分に告げないのだろう？

（今の俺は、前の俺とは別人みたいなものだから？）

もしそうだとしても、身体は同一人物なんだから内緒にしておくのは失礼なような気がするのだが……。

涼は悩みつつ、机の上に置かれてあった携帯らしきものを手に取った。

（これって、どうやって使うんだろ）

三年前の涼は折りたたみ式の携帯電話を使っていたが、今の涼は全面がタッチパネル式になっている機種を使っていたようだった。

昨日何度か着信音が鳴ったお陰でこれが携帯だとわかったものの、どうやって扱ったらいいものか、そもそも電話をとってもいいものかどうか判断しかねてしまった。

悩んだ挙げ句、とりあえず電源を切っておいたのだが……。

「これ見たら、事実がわかるかな？」

現代では、携帯は一番個人的な情報が詰まったツールだろう。

通信履歴やメールを見れば、誰とどんなつき合い方をしているのか、ある程度わかってしまうものだから……。

「ん～、でもなぁ。机の中見るより、こっちのが抵抗あるんだよなぁ」

もしも自分だったら、自分が消えた後にプライバシーに関わるメールの類は誰の目にも触れさせたくないと思うから……。

「どうしよっか……」

悩みに悩んだ挙げ句、とりあえず先にノートパソコンを見てみることにした。

ざっと中を見てみたが、どうやら大学のレポートなどを作成するためだけに使っていたようで、それ以外の個人情報らしきものはぱっと見た限り見当たらない。

「となると、やっぱりこっちか……」

これから先、自分が生きて行くために必要な情報もあるはずだと自分を納得させて、携帯の中身を見ることにした。

机の中から説明書を探し出し、おそるおそる携帯の電源を入れてみる。

「へえ、けっこう友達多かったんだ」

メールの履歴を見ると、ずらっと並ぶのはまだ未開封のメールの数々。

差出人の名前は様々だが、どれもこれも今の涼は知らない名前ばかりだ。

次々にメールを開封してみたが、昨日なんの連絡もしないまま大学を休んだ涼を心配するメールばかりだった。

「しかも、かなり好かれてるっぽいし……」

凄いな、俺、もてもてだと感心しつつ、さらに過去へと遡《さかのぼ》って見ていく。

ざっと見たところ、一番多いのはやっぱり功一郎とのメールのやり取りだった。

何時に帰るとか、学校へは遅れなかったかとか、待ち合わせに間に合いそうにないから喫茶店ででも待っているように、だとかの、仲良く暮らしていた感じがよくわかるごく日常的なメールが多い。

普通の従兄弟同士にしては、少々仲がよすぎるような気もするが、それ以外の関係を匂わせるような文面は見当たらない。

(ってか、功さんがこんなマメに連絡くれる人だとは思わなかったな)

涼が知っている功一郎は、優しいけれど言葉が足りないせいか、たまに気持ちが見えなくて不安にさせられることもあるような人だった。

でも今の功一郎は、生来の優しさを、態度と言葉とで惜しみなく涼に与えてくれている。

(人って、三年で随分と変わるものなんだ)

たぶん、自分もかなり変わっていたんだろう。

今の自分とはまるで趣味の違う、他人のものとしか感じられない部屋をぐるりと眺めながらなんとなく心細い気分になっていると、ココンとドアをノックする音がした。

「はい、どうぞ」

返事をすると、丸い眼鏡をかけた中年女性が顔を出した。

「涼さん、お昼ご飯の支度ができましたよ。今日は涼さんの好きなミートソースのスパゲティにしましたからね」

いっぱい食べて元気を出して、と微笑むのは、この家の家政婦である真由美《まゆみ》だ。

功一郎が子供の頃に病気で亡くなった母親の代わりに、ずっと津守《つもり》家の家事を請け負ってくれていた彼女は、功一郎にとっては第二の母のような存在で、子供の頃から津守家に出入りしていた涼とも面識がある。

「ありがと。真由美さんのミートソース食べるの久しぶりだな」

「腕は落ちてないから安心して」

丸い眼鏡に丸い身体、そして丸いお腹《なか》を包むのはいつもオリーブ色のエプロン。

おおらかな肝《きも》っ玉母さんという雰囲気のせいか、疑心暗鬼に駆られていた時代、条件反射的に人に向けていたハリネズミのような刺々しさも、なぜか彼女に対しては発動しなかった。

彼女だけは以前とまったく姿形が変わっていなかったから、むしろ一緒にいると少しほっとするぐらいだ。

(今の俺も、真由美さんのミートソースが大好きなのか)

真由美のミートソースは、隠し味に八丁味噌《はっちょうみそ》を使っていて、ちょっと独特な風味がある。

ということは、味覚だけは以前のままだってことだろう。

一階のダイニングに降りて、真由美とふたりで昼食を摂《と》る。

功一郎が事情をあらかじめ説明してくれていたようだが、真由美からは三年の記憶のロスを戸惑うような様子は感じられず、どちらかというとなにか落とし物をして落ち込んでいるのを慰めてくれようとしている雰囲気があった。

「うん、美味《おい》しい。懐かしい味」

功一郎の父親が病気に倒れた頃からこの家に遊びに来られなくなっていたから、真由美の料理を食べるのは、今の涼にとっては一年と半年ぶりぐらいだ。

「真由美さん、この家、いつリフォームしたの？」

以前遊びに来ていたときは、昭和の雰囲気漂う家だったのだが、今の津守家はがらりと洋風に姿を変えて、キッチンやお風呂などもすべて新調してある。

「三年前ですよ。涼さんを引き取ることになって、功一郎さんが張り切ったんです」

高級マンションでの便利な暮らしに慣れている涼には、古い家での暮らしは戸惑うこともあるだろうからと、涼が交通事故の怪我で入院している間に急いでリフォームを済ませたのだとか。

「そう。……結婚するためじゃなかったんだ」

「結婚って？　誰がするんです？」

「功さんだよ。結婚前提の恋人がいただろ？」

ああ、あの女のことですか……と、真由美は露骨に嫌な顔をした。

「あの女なら、旦那さまが亡くなって津守の会社が危ないと知った途端、あっさり尻尾巻いて逃げちゃいましたよ」

「そうなんだ。――あ、じゃあ、功さん、いま恋人は？」

「今ですか？　そうですねぇ。……いったん休みってところですかね」

（なんだそれ？）

わけがわからないが、功一郎がフリーだと知って本気でほっとしている自分に気づいて、涼は少し頰を赤らめた。

そんな涼を眺めていた真由美が、「気になるんですか？」とからかうように微笑む。

「べ、別にそんなわけじゃないけど……。でも、その……功さん、前からするとちょっと変わったみたいだから、誰かの影響を受けてるんじゃないかと思って……」

「変わりましたかね？」

「変わったよ。前は今ほどしゃべらなかったし、あんな風ににこにこしたり、言葉で気を使ってくれることだってなかっただろ？」

以前の功一郎は優しいけれど寡黙で、手を貸してくれるその瞬間まで、心配してくれているのかどうかもわからないような人だったのだ。

だが今は、先取りするかのように涼を安心させる言葉をくれるし、微笑みかけてもくれる。

最初は、唐突に三年の時間を失った自分に気を使ってくれているのかと思っていたのだが、病院に行ったときもそのまま態度が変わらなかったし、今朝だって色々心配して声をかけてくれていた。

すべて以前の功一郎からは考えられない行動だ。

「ああ、そのことですか。――功一郎さんを変えたのは、涼さんですよ」

「俺？」

自分が功一郎に影響を与えることができたなんて、ちょっと信じられない。

「ええ。三年前、この家に引き取られてしばらくした頃、涼さんが家出したことがあってね。それでさすがに懲りたようで、それ以降、徐々に口数が多くなってきたんです」

「家出って、俺と功さん、喧嘩《けんか》したの？」

「いいえ。喧嘩したところは見たことがないです」

真由美の話では、この家に引き取られた直後の涼はかなりナーバスな状態だったらしい。父親を亡くしたばかりだと思っていたら、実は一年間の記憶がなくなっていたという状況が不安でたまらなかったのだろう。

功一郎は、そんな涼のために住み心地のいい家を用意し、なに不自由なく暮らせる環境を整えてはくれたものの、必要なとき以外は涼に話しかけることすらしなかったのだとか。

「困った朴念仁《ぼくねんじん》ですよ、まったく」

「朴念仁って……」

以前の功一郎にぴったりな表現に、涼はちょっと笑ってしまった。

「笑い事じゃないです。そのせいで涼さんは、自分はここにいちゃいけないんじゃないかと落ち込んでいたんですよ。それで、これ以上迷惑はかけられないって家を飛び出ちゃったんですから……」

「ああ、なんかそれ、凄いイメージできる」

寡黙な功一郎に口を開かせるには、まずこちらから畳みかけるように話しかけなきゃいけないのだ。

だが、その頃の涼には、自分から話しかける元気すらなかったのだろう。

それで自然に会話が途切れて不安が増大した。

父親の死後一年間の、あの疑心暗鬼の日々を知らない自分は、箱入り息子で特に痛みに弱かったから、なおさらその不安が堪《こた》えたはずだ。

「涼さんを連れ戻した後に、かなり反省したみたいでね。どうしたらいいんだろうって、私も相談されましたよ」

「なんて助言した？」

「わかりやすく優しくしなさいって助言しました。涼さんは会話の多い家庭で育ったんだから、もっと日常会話も交わさなきゃ駄目ですよってことも言いましたかね」

「なんだ。だったら、功さんを変えたのは、真由美さんじゃないか」

「あら、そうなりますかね。でも、変わろうとするきっかけを作ったのは涼さんですよ」

ふたりの共同作業ですかね、と真由美が微笑む。

そうかもと、合わせるように頷きながらも、涼は少し複雑な気分だ。

（でも、それは俺じゃない）

不安になって、この家を飛び出したのは前の自分なのだから……。

話を聞いて三年間の記憶を補ったとしても、それは自分自身の記憶ではなく、人から聞いた話でしかない。

それを思うと、なんだか少し虚《むな》しい気分になった。


午後からも部屋に籠《こ》もって、携帯メールのさっきの続きを見てみた。

この携帯は二ヶ月ほど前に買い替えたばかりのもののようで、メールの量自体が少なく、あっという間に読み終えてしまう。

その後は、携帯の説明書を読んで、今の涼にとっては目新しすぎるその機能に、いちいち驚いたり感動したりした。

ちょっと興奮しながら携帯を弄《いじ》っていると、不意に手の中の携帯がブルルッと震えて着信音が鳴る。

（どうしよう）

これは前の自分が使っていた携帯であって、今の自分のものではない。

当然、かけてくる相手も、前の自分の関係者だってことになる。

画面には、森村《もりむら》と表示が出ていた。

(メールも何度か送ってた人だ)

おそるおそる出てみると、『もしもし』と同年代の男の声が聞こえてきた。

『二日も大学休んでどうしたんだよ。どっか具合でも悪いのか？　みんな心配してるぞ』

矢継ぎ早に話す声は気安い感じで、前の涼との交友関係が窺《うかが》える。

(隠しておけるようなことでもないか……)

森村というこの男の友達だった涼は、今はもうここにはいないのだということを……。

ある程度説明しておかなければ、前の涼への電話やメールが今の涼の元に届き続けることになる。

それは、今の涼にとって重荷でしかない。

「あなたは、涼の大学の友達？」

『あれ？　涼じゃないのか？』

「涼だけど……でも違うんだ」

戸惑いつつも、なんとか事情を説明してみると、電話口で森村は絶句しているようだった。

「森村さん。悪いんだけど、前の涼の大学の友達に、この話を伝えておいてくれないかな。

メールとかもらっても、俺、返事出せないから」

『お安い御用だが……。本当だったんだな』

「え？」

『いや、前に一年分の記憶が飛んでるって話を聞いたことがあったからさ。――そうか、大変だな』

ちょっと待ってろ、そっち行くから、と告げる声が携帯から聞こえてきて、断る間もなく通話が切れてしまった。

（来るって……）

この家の場所を知っているのだろうか？

涼は急に不安になって、ぶるっと身震いする。

慌てて一階に降りて、真由美にこの話をすると「森村さんなら存じてますよ」と言われた。

なにかの班が一緒だとかで、共同研究のレポート作成のために、他の友人達と一緒にこの家に来たことがあるのだとか。

「森村さんが来るのなら、おやつを用意しなくちゃいけませんね」

なにやらいそいそとお菓子作りをはじめた真由美に、「大丈夫かな？」と聞いてみた。

「大丈夫って、なにがです？」

「だから、その……そんな簡単に他人を家に上げたりしていいのかな？　功さんもいないのに……」

数日前までの涼は、危険を未然に防ぐために決して他人を家には上げなかった。宅配便でさえ直接は受け取らず、宅配ボックスに届けてもらうようにしていたのだ。

身に染みこんだ警戒心からそう口にした途端、真由美が丸い眼鏡の奥の目を悲しそうにしょぼしょぼさせた。

「涼さん、森村さんは、あなたがご友人として選んだ人ですよ。信頼できます。……昔、お辛い目に遭っていたこと、私も功一郎さんから伺ってましたよ」

――永瀬のほうの親戚に散々裏切られたせいか、あの子はすっかり怯えきっていて、俺の手を摑むことすらできなくなってる。助けてあげたいのに、手を伸ばせば逆に怯えさせる。どうしたらいいのかわからない。

当時はまだ寡黙だった功一郎が、珍しくそんな泣き言を真由美相手にボソボソと語ったことがあったのだそうだ。

「あの頃は、母子のふたり暮らしだってことで余計よからぬ輩《やから》に目をつけられたんでしょうね。――でもね、もう大丈夫なんですよ。この家に来てからは、その手の輩が来たことはないんです。もし来たとしても、この家には功一郎さんも私もいますからね。ちゃ～んと追っ払って、涼さんを守ってさしあげます」

安心してくれていいんですよ、と優しく言う眼鏡の奥の目には、じんわりと涙すら滲《にじ》んでいる。

（でも、真由美さん。安心しろと言って近づいてきて、裏切った人だってたくさんいたんだよ）

普通に近所づき合いをしていた人が、私は味方ですよと無理矢理家に上がり込んできて投資話をしたり、生活が苦しいと資金援助を匂わせつつ、苦労話を延々と繰り返したりする。

宗教関係の人達はもっと大変だった。

自らが信じる宗教を妄信するあまり、常識というものを見失い、狂気で血走った目で自らにとっての正義を振りかざして迫ってくる。

父の死の直後の数ヶ月間、何度も怖い目に遭ったから、涼は他人を家に入れるのが怖い。

森村という人物が前の自分の友人だとしても、今の涼にとっては他人なのだ。

すんなり信用することなどできるはずがない……とは、真由美には言えなかった。

目の前にいるこの人が、慈愛に満ちた優しい人だということを知っているからだ。

他人を信用できない。知らない人はみな敵だと涼が言えば、真由美はきっと今よりもっと悲しい目をするはずだ。

そんな風に思い込んでしまうほど、お辛い目に遭ったんですねと心から悲しんでくれるだろう。

涼がハリネズミのように全身をトゲトゲにしても、我が身が傷つくのも顧みず、もう大丈夫なんですよとただ抱き締めてくれるだろう。

この優しい人を、無駄に傷つけたくなかった。

だから涼は言葉を呑《の》み込んだ。

（…………痛っ）

その途端、チクチクッと胸が痛む。

自らを守るために外側に向かっていたハリネズミの棘を、目の前の人を傷つけないために内側に向けたせいかもしれない。

心を刺す棘は、不信感に凝り固まり、疑い深くて攻撃的だった数日前までの自分自身。

周りが敵だらけのときには当然だと思っていた言動が、突然環境が変わり、周りが優しい味方ばかりになってしまえば、ある種の暴力にもなってしまう。

すんなり人を信用できなくなってしまっている自分自身の在り方に、涼は傷ついていた。


それから三十分後、森村が訪ねてきた。

他に、瀬川《せがわ》と吉田《よしだ》と名乗る青年もきて、みな、前の涼の友人だと自己紹介する。

「本当ですよ。みなさん、私も存じ上げていますから」

パパッと焼き上げたスコーンとジャムを配りながら、真由美が太鼓判を押してくれた。

「本当に忘れちまったんだな」

それでも不安そうな涼を見て、森村達は心配そうな顔をしてくれる。

少しでもなにかを思い出すよすがになればと、一緒にすごした大学での日々のことを話してくれたが、当然、今の涼にとってそれはなんの関係もない話だ。

なにも思い出せやしない。

(俺にとっては、忘れたって感覚じゃないんだけどな)

パチンとスイッチが切り替わった感じ。

もしくは、コインの裏表をクルッと反転したような感じと言えばいいだろうか。

「あなた達から見た俺って、どんな人間だった？」

自分の部屋を見ても理解できなかった前の自分を知りたくて、三人の友人達に聞いてみた。

「そうだなぁ。やっぱり、おっとり天女さまかな？」

「……天女って……。なよなよしてたのか」

ぞっとした涼を見て、三人は慌てて「違う違う」と笑って否定した。

「どっちかっていうと女顔だし、穏やかで優しいから、ついそういう風に言ってみただけだ」

「そうそう。女々しいところはなかったよ。普段はおっとり優しいのに、怒ると毅然《きぜん》として怖かったしさ」

「相談事にも親身になってのってくれるから、男女ともに頼られてたしな」

スレンダーで髪も長く、いつも微笑みを絶やさなかったせいか、大学入学当初は舐《な》めた態度をとる者も確かにいたが、前の涼はそういう相手にも決して態度を変えずマイペースを通していたらしい。

そんな前の涼が怒りを見せるのは、常に友人が絡んだトラブルのときだけ。

怒っても決して感情的になることはなく、むしろ悲しみをたたえた目でトラブル相手を見つめておっとりとした口調で話しかけ、最終的に誰も傷つかない方法でいつもトラブルを収めてくれていたのだとか……。

（……誰だ、それ）

父の死を体験する前の涼は、箱入り息子で、ちょっとだけ自己中心的で甘ったれで我《わ》が儘《まま》なところがあった。

そんな自分が、いったいどういう流れで、そんな優しい天女さまみたいな存在に成長したのか、やっぱり今の涼には理解できない。

理解できるのは、前の涼が周囲の人々からとても大切にされて愛されていたということぐらいだ。

俺達に協力できることがあればなんでも言ってくれ。協力するからと言ってくれる目の前の友人達の言葉も、前の涼に向けて言われたもの。

（俺は、そのおこぼれで心配してもらってるみたいなもんなんだ）

前の自分と違って、今の自分は疑い深く、素直に人を信じられない。

ちょっとしたことでハリネズミのように刺々しくなって、いきなり無差別に攻撃しはじめるかもしれないと知ったら、目の前の三人だってどう変わるかわかったものじゃない。

少しやさぐれた気分でそう思い、そんな風に思ってしまう自分自身の心の歪《ゆが》みにチクリと傷つく。

「やっぱり、しばらく休学することになるのかな？」

どれぐらいで戻って来られそうだと聞かれて、涼は困惑してしまった。

「そんなこと聞かれても、俺、なんにもわからないし……」

「今の涼さんは、まだ高校二年生なんですよ。大学に戻っても、なにをしていいかもわからないんです。戻るとしても、もっとずっと先の話になるでしょうね」

涼を気遣って側にいてくれた真由美が、代わりに事情を説明してくれる。

功一郎からは、休学して勉強し直してから、改めて大学に通えばいいと言われているが、涼はそれに素直に頷けずにいた。

(俺が戻ってもいいものなのかな？)

その大学を受験して合格したのは、今の自分じゃない。

そもそも、なぜ前の自分が経済学部を受験したのかさえ、今の涼にはわからないのだ。

このままこの流れに乗ってしまったら、前の自分が選択した人生に、無理矢理組み込まれてしまいそうだ。

まるで他人の人生を押しつけられているみたいで、なんだかもの凄く気持ち悪い。

帰り際、前の涼の友人達は、お大事にと言い残していった。

(そんなこと言われてもな)

大事にしたところで、病気ではないのだから治しようもない。

それに、前の涼の記憶が戻るということは、下手をすると今の自分が消えるということだ。

(あの人達にとっては、そのほうがいいんだろうけど……)

前の自分と今の自分。

いま自分の周囲にいる人々は、みんな前の涼を大切にしてくれていた人々だ。

だからこそ、その延長上に居る自分にも優しくしてくれる。

今の自分を、ただ純粋に望んでくれる人がひとりもいないような気がして、涼は酷く寂しくなった。


今の自分が居ていい場所が欲しい。

森村達が帰った後で、そんな思いが胸一杯に広がって、苦しくて苦しくてたまらなくなった。

「功さん、俺、母さんに会いたい」

涼は我慢できずに、帰宅したばかりの功一郎に訴えた。

母は記憶を失った前の自分を功一郎に預けた。

それ以来ずっと一緒には暮らしていなかったようだから、母にとって一緒に暮らしていた息子は、今の涼だけってことになる。

「母さんが移動できないのなら、俺から行くよ。医者は身体には異常がないって言ってたし、どうせ学校にも行けないんだから、旅行したって構わないだろ？」

「旅行に行くのはかまわないが……」

功一郎は、切羽詰まったような表情の涼を見て、酷く困った顔になった。

「なに？　はっきり言ってよ」

「美沙叔母さんに会いに行く前に、話しておかないといけないことがあるんだ。もう少しおまえが落ち着いてから話すつもりだったんだが……」

とにかく座って話そうと、ダイニングのテーブルに座った。

真由美はもう仕事を終えて自宅に帰っていて、この家には涼と功一郎のふたりしかいない。

「涼、いいか。落ち着いて聞いてくれ」

「なに？　いいから早く言って」

急かす涼を、功一郎は少し悲しい目で見る。

「美沙叔母さん――お母さんは、半年ほど前に再婚なさったんだ」

「……再婚って。え？　なんで？」

言われた意味がわからず、涼はぽかんとしてしまった。

息子である涼にとっては、母の存在は母性そのもの。

彼女もまたひとりの女性であるという認識自体がなかったのだ。

「お相手は、涼もよく知っている三矢弁護士だよ」

「三矢さん……と？　なんでそんな……」

再婚相手が知っている人だけに、じわじわと母の再婚話が実感を伴ってくる。

それと同時に、憤りも感じた。

「早すぎる！　父さんが死んでからまだ一年しか経ってないのに！」

「涼、一年じゃない。四年だ」

憤る涼に、功一郎は冷静に指摘した。

「おまえが覚えていないだけで、四年経ったんだ」

「四年……」

今の自分が覚えている父の死の直後の一年と、前の自分が覚えているその後の三年。

足し算すれば確かに四年になるが、どうしても涼には四年も過ぎたという実感がない。

「前の俺は、母さんの再婚をどう思ってた？」

「喜んでいたよ。美沙叔母さんが新しい人生を歩むことを……」

三矢弁護士は若い頃に妻を事故でなくし、男手ひとつでひとり息子を育て上げた人だった。その息子も父親と同じ弁護士になり、所帯を持って独立している。

涼達親子に親身になってくれているうちに、三矢弁護士の心は大きく美沙へと傾き、記憶を失った涼を手放した美沙もまた彼に心を向けるようになっていった。

お互いパートナーを失った者同士、これからの人生を共に歩んで行こうと手を取り合うようになるのは、周囲の者から見てもごく自然な流れだったらしい。

「前の俺は、祝福したんだ」

今の涼には、とうてい無理な話だ。

おっとりと優しい天女のようだったという前の自分のことが、またわからなくなる。

「それともうひとつ言っておかないといけないことがある」

「今度はなに？」

認めたくない事実を知ったばかりの涼は、少し苛々《いらいら》してきつい口調になってしまっていた。

「美沙叔母さんは妊娠している」

「――え？」

今度こそ、本当に意味がわからない。

いや、わかりたくなかった。

自分以外にも母に子供ができる。

父親が違う、弟か妹が……。

彼女の子供という立場は、涼だけのものではなくなるのだ。

(俺の居場所……もう、どこにもないのか？)

母の元へ行ったとしても、その傍らには三矢弁護士がいる。

そして母の両手はきっとお腹の子に添えられ、ふたりの間にできたその子を大切に守っているんだろう。

その新しい家族の形の中に、今の涼は組み込まれていない。

いや、今の涼は、その新しい家族の形を素直に認めることすらできそうにない。

「初産ではないにしろ高齢出産だ。万が一のことがないように、とても大事にしてるんだ。母子の命に関わる問題だから……。――お母さんを刺激することなく、会いに行くことができそうか？」

功一郎に聞かれて、涼は俯《うつむ》いて首を横に振った。

「……まだ、無理」

――裏切り者！

いま会えば、母に対してそんな酷い言葉を口走ってしまいそうな気がする。

だろうな、と悲しげな声と同時に、功一郎の大きな手がくしゃっと頭を撫でた。

「周囲の変化を、急いで認めなくてもいい。まず、ゆっくり今の自分の状況に慣れることからはじめよう。――おまえの辛い気持ちは、みんなちゃんとわかってる。無理してまで、いい子にならなくてもいいんだ」

大丈夫だから、と安心させるように功一郎が優しく告げる。

(俺の気持ちがわかってる？)

それは、本当だろうか？

前の自分を基準にして考えているのならば、きっとその考えは間違っているはずだ。

(前の俺と、今の俺は違うんだから……)

みんなが知っている永瀬涼という人物は、今の涼にとって、どうしても理解できない赤の他人だ。

突然放り込まれた見知らぬ未来の中、まるで、ぽつんとひとりでいるみたいな気分だ。

行く場所も、帰る場所もない。

不安で怖くて、そして寂しい。

涼は、俯いたままで小刻みに身体を震わせていた。

3

真由美が用意しておいてくれた夕食はほとんど喉《のど》を通らなかった。

功一郎と会話する気にもなれず、涼は早々に自分の部屋に閉じこもった。

とはいえ、そこも本当に自分の部屋だとは思えない場所だったが……。

（もう寝ちゃおう）

起きていると嫌なことばかり考えて、不安になるだけだ。

功一郎と顔を合わせないよう、急いでお風呂に入ってからベッドに潜り込んだ。

運悪く、窓の外は雨。

強い風も吹いている。

布団の中で携帯を操作してウェザーニュースを見ると、この強い雨風は明日の早朝まで続くらしい。

「嫌だな」

強い雨風の夜は嫌いだ。

父親が死んだ夜を思い出すから……。

あの夜から、なにもかもが悪くなった。

父親が死に、欲に目が眩んだ薄汚い大人達の裏の顔を知った。

そして、無条件に人を信じることができていた無邪気な自分をも失った。

窓越しに聞こえてくる恐ろしい風のうなり声が、涼の恐怖を刺激する。

また悪いことが起きそうな気がして、不安で不安でたまらない。

(前の俺が消えた夜も、こんなだったのかな)

もしそうなら、この雨風が刺激になって、今の自分が消えてしまう可能性もあるのだろうか？

それを思うと、今度は眠るのが怖くなる。

眠ったら最後、もう二度と目覚められなくなるような気がして……。

(もし俺が二度と目覚めなくても、きっと誰もがっかりしない)

むしろ、前の自分が戻ったことを喜ばれるはずだ。

記憶喪失が治ってよかったねと……。

(森村さん達だって、お大事にって言ってたし……)

前の自分の周りの人々にとって、今の自分の存在こそが邪魔者なのかもしれない。

それを思うと、とてつもない不安感に襲われた。

(俺、本当にここにいてもいいのかな？)

誰にも、望まれていないのに……。

寂しさから胸が詰まって、じわっと涙が滲んでくる。

普段の涼だったら、ここまで墓穴を掘るかのような暗い考えに陥ることはまずない。

だが今は、窓の外から伝わってくる強い雨風の音の影響で、すっかりネガティブになってしまっていた。

(……怖い)

存在に対する不安感が、弱った心をチクチクと苛《さいな》む。

強い雨風の音ならば頭から毛布を被れば少し遮ることができるが、自分の内側から湧いてくる不安はどうやっても遮ることはできない。

涼はひとり、闇の中で孤独に震えていた。


しばらくして。

ふと、ドアをノックする音が毛布越しに微《かす》かに聞こえたような気がした。

おそるおそる毛布から顔を出すと、雨風の音に混じって遠慮がちなノックの音がまた聞こえてくる。

(功さん……だよな)

今この家には、自分達ふたりしかいないのだから。

涼は涙をぬぐうと、ベッドから降りてドアの鍵を外した。

「なに？」

おそるおそるドアを開けて、ドアの前に立っていた功一郎を見上げた。

涼と視線が合った途端、功一郎は切れ長の目を心配そうに細める。

「やっぱり眠れずにいたんだな。――ひとりで大丈夫か？　気持ちが落ち着くまで、少し話でもしようか？」

心配してくれるその優しい声は、涼の胸に温かく響いた。

（話でもって……）

以前よりたくさんしゃべるようにはなったが、本来寡黙な質の功一郎が、こちらの気分を和《なご》ませてくれるような愉快な話のストックを持っているとも思えない。

（前の涼とだったら、きっと気楽に話せるんだろうけど……）

三年という月日を共に暮らし、同じ記憶を共有しているのだから、話題には事欠かないだろう。

だが今の涼は、一年以上もの間、功一郎とはろくに話をしてこなかったのだ。

一番疎遠になっていた頃のまま、三年も眠っていたのだから、共通の話題なんてすぐには見つかりっこない。

「これから先どうするか、なんて気が重くなるような話なら今は聞きたくないよ。……それ以外に、なにか俺と話せることがある？」

試しに聞いてみたら、案の定、功一郎はぐっと言葉に詰まったようだ。

(やっぱり)

優しさだけが先行して言葉が足りない、大好きだった不器用な従兄弟。

ここにいるのは、高校生だった自分が淡い恋心を抱いた従兄弟が成長した姿なのだ。

そんな実感が胸に満ちて、涼の不安は少しだけ和らいだ。

「じゃあ、子供の頃の話でもする?」

「子供の頃か……。そうだな。——夏場になると、親戚揃って毎年避暑に行ったっけな」

「……功さんに肩車してもらって花火を見たよ。覚えてる?」

前の自分と入れ替わったときに見た夢を思い出しながら言うと、功一郎は嬉《うれ》しそうに微笑んだ。

「もちろん。あの翌日、はしゃぎすぎたせいでボートから湖に落ちて、大泣きしたのは覚えてるか?」

「……それは忘れた」

みえみえの嘘をつくと、「そうか?」とくしゃっと髪を撫でられる。

大きな手で頭を撫でられるのは気分がいい。

まるで、なんの心配もなかった子供の頃に戻ったような感じがして……。

でも、今の涼は、頭を撫でられるよりもっと安らげるスキンシップを知っている。

（もう一度、ぎゅってしてもらいたいな）

目が覚めた直後、痛いぐらいの力でぎゅうっと抱き締められた。

身体に食い込む腕の力と、ぴったり合わさった胸から伝わってくる鼓動と体温が不思議と落ち着いた気分にしてくれて、心が安らぐのを感じた。

（俺が頼めば、もう一回ぎゅってしてくれるんじゃないか？）

もしかしたら、それ以上のことも……。

目覚めた朝のあの身体の違和感。

身体に残った微かな痕跡。

そして、机の中に隠されていたあの写真立て。

前の自分と功一郎がどんな関係だったたか、今の涼にはなんとなくわかってる。

（やっぱり、そういうことだよな）

高校時代に感じた、あの淡い恋心が、一緒に暮らすうちにきっと再燃したのだろう。

（俺だって、同じだし……）

あの辛い一年の間、功一郎にだけは裏切られたくないと怯えるあまり、手を差し伸べてくれた功一郎を何度も拒絶した。

だが今日、真由美と話していて、もうひとつ拒絶した理由があることを思い出してしまったのだ。

功一郎には結婚を前提とした恋人がいるのだという事実が重く凝《しこ》って、功一郎へと一歩前に踏み出そうとする足の重い枷《かせ》となっていたのだと……。

でも、その女はもういない。

恋を封印するきっかけとなり、心に重く凝って、枷となっていた存在は消え失《う》せた。

この心の中にある恋心を、無理矢理封印する必要はもうないのだ。

(前の俺とそういう関係だったんなら、今の俺だっていいはずだ)

中身は変わっているとしても、身体は同じままなのだから……。

身体だけでもいいから、今の自分を功一郎に欲しがってもらいたかった。

森村達のように、功一郎もまた前の涼が戻ってくることを望んでいるのかもしれない。

それでも、今こうして自分が目の前にいる間だけは、功一郎に今の自分を必要として欲しいのだ。

前の自分が功一郎から与えられていただろう、確かなぬくもりを分けて欲しい。

(俺だって、前の俺に負けないぐらい功さんが好きだ)

辛かったあの一年の間、何度も差し出された功一郎の手。

すべての重い枷から解き放たれた今ならば、迷うことなくあの手を握り返せる。

功一郎の顔を見上げ、ありがとうとお礼を言って、功さん大好きと抱きつくことだってできる。

功一郎にぎゅっと抱き締め返されたら、きっと広い世界にぽつんとひとり取り残されたようなこの不安も消えるはず。

自分はここにいてもいいのだという、確かな安心感が欲しかった。

このどうしようもない寂しさから、いま自分を解放できるのは功一郎だけだ。

(でも、どうやって誘ったらいいんだろう)

年を重ねた分だけ前の自分は大人だっただろうから、恋の手管のひとつも身につけていたかもしれないけど、今の涼にはその持ち合わせがない。

困惑して見上げる涼に、功一郎は安心させるように微笑みかけてくれた。

「立ち話もなんだな。一階に降りて酒でも……。いや、未成年に酒は駄目か。じゃあ、ホットミルクでも飲むか?」

子供扱いするな、という言葉を飲み込んで、涼は「いらない」と首を横に振る。

ホットミルクでは、涼が望むぬくもりは得られないから。

「それより、俺、功さんのベッドで一緒に寝たい」

上手に誘う手管を一切持たない涼は、当たって砕けろとばかりに、その望みを口にした。

「え?　いや、それは……」

功一郎がなにやら困った顔をする。

涼は功一郎に歩み寄ると、そのパジャマの胸のあたりに両手でしがみついた。

「前の俺とは一緒に寝てたのに、今の俺じゃ駄目なのか？　――俺のことも、前の俺と同じように扱ってくれよ！」

(今の俺じゃ駄目だって言わないよな？)

拒絶されるかもしれないという不安感が不意に湧いてきて、胸がぎゅうっと締めつけられるみたいに苦しくなる。

いいって言ってと、祈るような気持ちで見上げていると、功一郎は困った顔のままでためらいがちに頷いた。

「わかった。それでおまえが安心して眠れるんなら……。ほら、おいで」

涼の肩に、そっと功一郎の腕が回される。

「ありがと」

ほっとした涼は、夢中で功一郎のパジャマにしがみついていた。


――それなのに。

ふたりでベッドに入るなり、功一郎は灯《あか》りを消した。

毛布をかけた涼の肩をぽんぽんと叩くと、ドキドキしている涼をそのままに、仰臥《ぎょうが》して規則正しい寝息を零《こぼ》しはじめる。

(……本気で寝ちゃったよ)

昼間、真由美が功一郎を指していった、『朴念仁』という言葉が脳裏をよぎる。

(なんでなんにもしないんだ)

前の俺と同じように扱ってくれという言葉だけでは、誘っていることに気づいてもらえなかったのだろうか?

それとも……。

(功さん以外に、前の俺にはそういう相手がいたとか?)

日中にでもその相手といたしておいて、夜、強い雨風が怖いからと、功一郎のベッドに潜り込んで、ただ純粋に添い寝してもらっていたとか?

(いや、そんなはずない)

子供の頃から大好きだった功一郎が目の前にいるのに、他の人間に心奪われることがあるとはどうしても思えない。

根っからのゲイというわけでもないのに、好きでもない男と身体だけの浮ついた関係を結べるとも思えない。

その手の貞操観念はしっかりしているはずだった。

(だよな、俺?)

前の自分が、どうしてあそこまで今の自分と違う人格になってしまっているのかは理解できないが、それでも、大切な人に対する誠実さだけは今の自分と同じだと信じたかった。

だからこそ、あの朝、身体の違和感をもたらした相手は、功一郎でなくてはならない。

真剣に考え込んでいるうちに、涼の意識からは暴風雨に対する恐怖がいつの間にか消えていた。

今、すぐ側にいるこの人以上に重要なものなんてなにもない。

（そっちからなにもしてこないつもりなら、こっちから、もっと積極に誘ってやる）

そう涼は決心した。

が、さて、やっぱりどうやって誘ったらいいものかがわからない。

（俺、童貞だしな）

功一郎への淡い恋心を封印した直後は、他の誰かに恋なんてできる心境じゃなかった。

そうこうしているうちに父が亡くなり、恋愛するようなゆとりがなくなってしまったのだ。

そのせいもあって、今の涼の恋愛スキルはゼロだ。

（キスしたり、あそこに直接触ったら、さすがに功さんだって誘われてるって気づくはず）

よしやるぞと勢い込んではみたものの、緊張のあまり身体がなかなか動かない。

じりじりと功一郎に手を伸ばし、そっとその手に指先でちょんと触れる程度で精一杯だ。

（この手をぎゅっと握れば、とりあえず目を覚ますかも……）

起きた後のことはその後の流れに任せようと、触れた功一郎の手を握ろうと頑張ってみたのだが、その前に寝返りを打たれて逃げられてしまった。

（なんだよ、もう）

目の前に広がる大きな背中を、涼は思わず睨《にら》みつけた。

せっかく振り絞った勇気を無駄にされた怒りが緊張感より勝り、涼は、怒りのままにためらうことなくその広い背中にぺたっとしがみついた。

「な……涼？」

さすがにこれには、功一郎も一発で目が覚めたらしく、困った顔で涼を振り向いた。

「どうした、眠れないのか？」

「うん、眠れない。だから前の俺と同じように扱ってくれって言ったのに、なんでひとりで寝ちゃうんだよ？」

「なんでって……。こうして添い寝してるだろう？」

不足なのか？　と問われて、涼は頷いた。

「功さん、とぼけないで。前の俺とどういう関係だったか、俺知ってるんだからな」

涼がそう言った途端、功一郎の大きな背中がビクッと震えた。

「知ってるって……。真由美さんに聞いたのか？」

口止めしておいたのに……と、功一郎は戸惑ったようだった。

（真由美さんも知ってたんだ）

昼間、功一郎の恋人はいったん休みだというようなことを真由美が言っていたのを思い出し、そういう意味かと涼は納得する。

「誰からもなにも聞いてない。俺が勝手に気づいたんだよ。——自分の身体のことぐらい、自分でわかるって」

キスマークもいっぱいついてたし、と告げると、闇《やみ》の中でもわかるほどに功一郎の耳が赤くなった。

「そうか……。ばれていたか」

功一郎はしがみついた涼の手をそっと離すと、のそっとベッドの上に起き上がり、ベッドサイドのフロアライトをつけた。

「もう少し、落ち着いてから話そうと思っていたんだが……」

「逆だよ。聞かなきゃ落ち着けない」

涼も起き上がり、功一郎の顔を見上げる。

お風呂に入るたび、視界に入ってくる肌に残ったキスマーク。

それが少しずつ薄くなっていくのがなんだか嫌だった。

前の自分と功一郎との関係を示す証拠がなくなってしまうみたいで……。

「身体だけの関係とかって言わないよな？　前の俺と、ちゃんと恋人同士だったんだろ？」

涼の問いに、功一郎は深く頷いた。

「もちろんだ。——本気で愛し合っていた」

そうはっきりと告げて、功一郎は小さく微笑む。

見ているこっちの胸までチクリと痛くなるような寂しげなその微笑みに、涼は思わず功一郎のパジャマをぎゅっと摑んだ。

「俺じゃ駄目？」

前の自分と中身は違っていても、身体は確かに同じなのだ。

功一郎の寂しさを埋める役には立つはずだ。

「俺が身代わりになるよ。今の俺も前の俺に負けないぐらい、功さんのことが好きだから」

「今も前もない。涼は涼だろう？」

功一郎は、迫る涼に少し困った顔をした。

「記憶をなくす以前の自分と同じことを無理にしなくてもいいんだ」

「無理なんてしてないよ」

「本当に？　この三年間の記憶をなくして不安なだけじゃないのか？　無理して身体を投げ出さなくても、俺はずっとおまえの側にいる。おまえから恋人として愛されることはなくても、俺の気持ちは変わらないから……」

側にいる見返りを求めたりもしないと、功一郎が言う。

涼は、なんだか苛々して、功一郎の胸を叩いた。

「無理なんてしてないって言ってるだろ！　俺だって、ずっと前から功さんのことが大好きなんだってば!!」

なんですんなり信じてくれないんだよと、もう一度、功一郎の胸を叩く。

父親が死んでからの一年間、忙しいはずの功一郎が時間を作っては心配して訪ねてきてくれるのが本当に嬉しかった。

あの頃は、臆病すぎて差し伸べられた手を素直に取ることができなかったけど、本当に、本当に嬉しかったのだ。

「高校生になったばかりの頃、功さんに結婚前提の彼女がいるって聞いて、それで自覚したんだ。俺は功さんが好きなんだって……。――嘘じゃない。前の俺からだって、その話を聞いてるんだろ?」

涼の訴えを聞いた功一郎は、ちょっと驚いたようだった。

「いや、それは初耳だ。そんな前からだなんて聞いてないな。俺へと心が動いたのは、一緒に暮らすようになってからだと言われたんだが」

「……え?」

(なんで言ってないんだろう?)

当然打ち明けているものだとばかり思っていた涼は、隠すようなことじゃないのにと不思議な気分になった。

それを言う機会がなかっただけだったら納得できるが、前の自分は、わざわざ嘘までついて、功一郎へと心が動いた時期を誤魔化すような真似をしている。

そんなことをする意味がわからなかったが、前の自分の気持ちを想像してやる余裕は、今の涼にはなかった。

今は、功一郎がどう思っているかのほうが気にかかる。

「功さん、俺が嘘をついてると思う？」

「思わないよ。さっきの話も、俺が知ってて当然だという口ぶりからして本当なんだろう」

「よかった」

信じてもらえたことが嬉しくて、涼は小さく微笑んだ。

それを見た功一郎が、ふっと深く息を吐く。

「やっと笑ってくれたな」

「……え？」

「記憶が戻ってからこっち、ずっと笑いかけてくれなかったから気になってた。——叔父さんが亡くなってからの一年間、俺には笑いかけてくれなくなっていただろう？　あれが、本当に堪えてたんだ。この三年間、おまえが目の前で微笑んでいても、失われてしまったあの頃のおまえは、今もまだずっと辛いままなんじゃないかって……。それが、ずっと気にかかってた」

よかった、と囁きながら、功一郎は涼の頬に手の平で触れた。

目覚めたあの朝、頬に触れたのと同じ温かい手の平の感触。

それは、きっと前の自分に対して日常的にしていた仕草なんだろう。

そう悟った瞬間、チクチクッと、胸に痛みが走った。

これは、たぶん嫉妬の痛み。

こんなぬくもりを日常的に手に入れていた、かつての自分への……。

「功さんは、今の俺にも笑ってて欲しい？」

「当たり前だろう」

「だったら、俺のことも受け入れて」

ぎゅっとパジャマを握りしめて懇願する。

功一郎は、酷く困った顔で涼を見つめ返していた。

「……涼。寂しさから、一時的に混乱してるんじゃないのか？」

「違う!! ほんとに好きなんだ。俺にはもう、功さんしかいないんだよ」

お願いと、今度は身体ごとパジャマにしがみつくと、功一郎の手がためらいがちに背中に回された。

「おまえは狡《ずる》い」

「え？」

唐突な功一郎の言葉に、涼はきょとんとした。

「俺がおまえにだけは甘くて弱いってことを知ってて、こういう真似をするんだからな」

功一郎は少し悔しそうだ。

「身体はともかく、今のおまえはまだ十六だっていうのに……」

「なんだ、それを気にしてたんだ」

今も前も関係ないと言ってくれるくせに、どうしてこんなにためらうのかと思っていたら、そんなことを気にしていたとは……。

「功さん、堅すぎ。今時、高校生だってこういうことしてるよ」

功一郎の真面目さがなんだかむしょうにおかしくて、涼はくくっと小さく笑う。

そして、笑う自分を見る功一郎の目が、きっとさっきみたいに優しいはずだと確信した上で、わざと甘えてやった。

「お願いだから、俺に負けてよ」

胸にしがみついたまま、そうっと顔を見上げると、功一郎が苦笑するのが見える。

「ギブアップだ」

微笑む唇がゆっくりと降りてくる。

涼は、首を伸ばして自ら迎えに行った。

ちゅっと軽く触れた唇が、次に深く合わされる。

そして、深く合わさった唇から舌が入ってくる。

「……んっ……」

（え、いきなり？）

ぬるっとした舌の感触に、涼はびっくりして目をパチパチさせた。

まるで味わうかのように舌を強く搦《から》め捕られ、嬲《なぶ》られる。

ソフトなキスも体験したことがなかった涼は、唐突な深いキスに翻弄されまくって、すぐにわけがわからなくなった。

（な、なに、これ……）

舌を擦《こす》り合わされただけで、なぜだかじわっと腰のあたりが温かくなる。

歯列を探られ、上あごを舌先でくすぐられると、全身に電流が走ったような感じがして、ビクッと身体が跳ねた。

「ぁ……ふ……っ……」

功一郎のパジャマにしがみついていた指先からは力が抜け、涼は慌てて功一郎の首に腕を絡めてしがみついた。

長く甘いキスに、自然にとろんと瞼が落ちる。

涼の頭を押さえていた功一郎の手の平が、背骨のラインをなぞるようにゆっくりと下に降りていった。

と、不意に、ぎゅっとお尻を掴まれ、びくんとまた身体が跳ねた。

「……んんっ……」

大きな手でお尻を揉《も》みしだかれただけで、腰のあたりに覚えのある甘い痺《しび》れがじわっと広がっていく。

(や、なんで?)

まさかお尻を揉まれただけで感じてしまうだなんて思ってもみなかった。

涼は、そんな自分の身体の反応に困惑する。

功一郎は、そんな涼の戸惑いに気づかず、執拗《しつよう》に深いキスを続けていた。

お尻に触れていた手が少しずれて、その指がパジャマの上から後ろの蕾《つぼみ》に触れる。

その瞬間、涼の背筋にぞくぞくっと甘い感覚が走り、そこが勝手にキュッとすぼまるように動いた。

「——やっ」

さすがに、自分の身体のその反応に涼も驚いた。

「ま、待って待って。駄目!」

どうしてもじっとしていられなくなって、気がつくと功一郎の胸を手の平で押し返してしまっていた。

「やっぱり、怖くなったんだろう？」

功一郎は、そんな涼をちょっと悲しそうに見つめた。

「だから言ったんだ。無理して身体を投げ出すような真似をしなくてもいいって」

「ち、違うよ。功さんのバカ！　――そうじゃなくて、その……こっちは初心者なんだからさ。ちょっとは手加減してよ」

「は？」

「だから、俺はこれが初体験なの！」

この身体が何度も経験したことでも、その体験は涼の記憶の中にはないのだ。

「功さんは慣れてるのかもしれないけどさ。俺にとってははじめてなんだから、いきなりそんなとこ触ったりしないでよ」

ちゃんと手順踏んでと文句をつけると、「すまん」と功一郎は露骨におろっとした。

「……それもそうだな。おまえは覚えてないんだったな」

「そうだよ。はじめっから上級者コースなんて、不安なだけだ」

「すまん。怖がらせるつもりはなかったんだが……」

むっとして睨む涼に、功一郎は生真面目な顔で謝る。

真剣に反省しているその様子に、涼は自然に心が和むのを感じた。

「わかればいいよ」

（前のときって、どんなだったんだろう？）

ふと、前の自分との初体験のときのことが気になった。

が、さすがにそれは聞けないし、聞きたくもない。

同じ身体とはいえ、中身は別人みたいなものだ。

大好きな人が他の男と寝た話なんて、知ってもなにもいいことなんてないから……。

「あと、俺は別に功さんが怖かったわけじゃないからね。初体験で、この先どうなるかよくわからないから、ちょっと不安だっただけで……」

「その手の知識がまだなかったのか」

「アナルセックスぐらい知ってるよ！」

しまったと言わんばかりの功一郎の表情に、そこまで子供じゃないと涼はかっと顔を赤くした。

「誰だって、はじめてのときは緊張するだろ？　そこら辺を、もうちょっと考慮してって言ってるの」

「わかった。努力する」

功一郎が生真面目に頷く。

その仕草を見て、涼はつい笑ってしまった。

（功さんが怖いわけないじゃん）

昔から誰よりも優しかった大好きな従兄弟。

ちょっとだけ不器用な優しさだったけど、そんなところも大好きだった。

「じゃ、最初からやり直し」

微笑んだままで涼がそう言うと、功一郎はちょっと困った顔になる。

「最初からって言うと、キスからか？」

「ん〜、その前にハグもして欲しいかな」

「わかった。——ほら、おいで」

両腕を広げた功一郎に呼ばれて、ばふっとその腕の中に飛び込む。

ぎゅっと抱き締められて鼓動を感じると、強《こわ》ばっていた身体から自然に力が抜けてくる。

「……やっぱり、功さんの腕の中って落ち着く」

ほっと息を吐きながら呟くと、功一郎が微かに苦笑した。

「なんだったら、このまま眠ってもいいぞ」

「それは嫌。次はキスね」

膝立ちになった涼は、功一郎の首に腕を回して自分から功一郎にちゅっとキスをした。

唇や頬、額に何度もキスすると、功一郎もそれを真似るようにキスをくれる。

「……ん……」

ついばむようなキスを何度も繰り返していると、さっき一度、とびっきり濃厚なのをされたせいか、どんどん物足りなくなってきた。

「功さん、もっと……」

涼は自分から舌を出して、功一郎の唇を舐めた。

その舌をぱくっと咥《くわ》えられ、搦め捕られて、そしてまた深いキスに……。

（……気持ちいい）

とろん、とまた瞼が落ちてきて、身体から力が抜けていく。

功一郎は、深いキスに夢中になっている涼をそっとベッドに横たえると、唇を離して額にキスをひとつ。

「脱がせるぞ」

「ん」

予告されて頷くと、功一郎の指がパジャマのボタンをひとつひとつ外していく。

少しずつ露《あら》わになっていく涼の肌に、キスマークがつかない程度の優しいキスを功一郎は落としていった。

（功さん、やっぱり慣れてるな）

片手ですべてのボタンを外し終えると、するっとパジャマを肩からすべらせて器用に身体の下から引き抜いていた。

露わになった上半身を、功一郎の手の平が愛おしそうに撫でていく。

「……んっ」

その両手の指先が、軽く乳首をかすめたとき、ぞくぞくっと身体が甘く痺れた。

「どうした？　また怖くなったか？」

「ちが、そうじゃなくて……。なんか、その……感じたっぽい？」

「ああ、だろうな。……おまえは、ここが特に敏感だから……」

「ふあっ」

親指の先で両の乳首をこねるように弄られたら、またぞくぞくっとした甘い痺れがそこから走った。

（嘘。……変な声出た）

まさか乳首を弄られたぐらいで、こんな声が出るとは思わず、涼はびっくりして両手で自分の口を塞《ふさ》いだ。

「と、ちょっと刺激が強すぎたか」

「ち、違うよ。ちょっとびっくりしただけ……。こ、こんなトコで感じるなんて、知らなかったから……」

それと、自分があんな声を出せることも知らなかった。

（……なんか……けっこう恥ずかしい）

鼻にかかったような、やけに甘えた声。

耳に届いたそんな自分の声が気恥ずかしすぎて、かあっと顔を赤くした涼を、功一郎は優しい目で見つめた。

「嫌じゃなかったのなら、続けても大丈夫か？」

「い……いよ」

嫌なわけがない。

でも、やっぱりちょっと恥ずかしいから、変な声が出ないよう両手で唇を塞いでみる。

「……んっ……あぁ」

が、尖ってしまった甘い蕾をキュッと指先でつままれると、塞いだ手の平の下から、こらえきれずにまた甘い声が漏れて、びくんと大きく身体が跳ねた。

「気持ちいいだろう？」

そんな涼の反応に、功一郎は笑みを深くして唇を塞いだ手の甲にキスをくれた。

（功さん、嬉しそう……）

自分の愛撫が相手に喜びを与えることを嬉しがる気持ちは涼にもわかる。

嬉しそうな功一郎を見ただけで、自分も幸せな気分になってしまうから……。

（恥ずかしがってる場合じゃないのか）

涼は思い切って唇から両手を離すと、功一郎へと手を伸ばし、もう一度引き寄せた。

「功さん……もう一回キスして……」

功一郎の唇を、今度は手の甲ではなく唇で受け止める。

ちゅっちゅっと音を立ててキスしてから、深く唇を合わせて、自ら舌を差し出す。

甘く絡む舌、髪を撫でる指先の感触、徐々に深くなるキスに、身体の芯が熱を帯びて硬くなっていくのがわかった。

初体験だというのに感じまくって一気に熱くなってしまう身体を持て余して、涼は自分から功一郎の足に熱くなったそれを擦りつけた。

「下も脱ごうな」

「ん」

下着ごとするっと下のパジャマを脱がされ裸になる。

ぷるんと立ち上がったそれは、すでに雫《しずく》を零していた。

「功さんも脱いで……。俺だけ、やだ」

「わかった」

功一郎が服を脱ぎ捨てるのを、涼はとろんとしたままで見つめていた。

(大人の身体だ)

一緒に海に行っていた頃とはもう全然違う、完成された大人の身体に思わず息を呑む。

弛《たる》みなく引き締まったその肉体を見て、ドキドキしている自分を自覚して、なんだか嬉しくなった。

（勘違いなんかじゃない）

前の自分がそうだったからといって流されてるわけじゃない。

ちゃんと今の自分が、この心が功一郎を欲しがっているのだと、その鼓動の速さが教えてくれているような気がする。

（……触りたい）

唇から零れる吐息が妙に熱い。

涼はとろんとしたまま、衝動に逆らわずに功一郎の身体に手を伸ばした。

その胸にぴたっと手の平で触れて、弾力のある筋肉質な手触りにちょっと感動する。

思わず撫で撫でしていると、くすぐったかったのか、功一郎に手首を摑まれて引きはがされ、その手の平にキスされた。

「先に一度、抜いておくか？」

「え？　なに？」

涼が言われている意味を計りかねて首を傾げると、功一郎は愛おしそうに目を細めた。

「ここ、擦って欲しいだろう？」

「……あっ」

キュッと大きな手で握り込まれて、背筋を上がってくる甘い痺れに、涼はたまらず背を反らせた。

「功さんの手、気持ちいい」

もっと……と、素直に身体をくねらせる。

功一郎の手の平が涼の昂《たか》ぶりを擦り上げていく。

「あっ……あん……ふあっ……」

溢れた雫でぬるぬるした先を親指で弄られ、ひっきりなしに甘い声が唇から零れた。

（こんな声、出るなんて……）

普段より幾分高く甘えた声が、やっぱりちょっと恥ずかしい。

と同時に、そんな自分の声に煽《あお》られて興奮してしまう自分もいる。

そこを擦る濡れた音もまた、涼を興奮させた。

「功さん、功さん、キスして」

身体の奥がジンジンと痺れて熱い。

興奮した身体の熱を収める術《すべ》を知らない涼は、無我夢中で功一郎の首にしがみつき、深いキスを貪《むさぼ》った。

「ふあ……っ……んんっ！」

功一郎の舌に搦め捕られた舌を甘噛《あまが》みされ、強く擦り上げられて、熱く昂ぶったそれが弾《はじ》ける。

ビクッと身体が跳ねて、一気に解放へと向かった、はずなのだが……。

「や……なに……なんで？」

高校生にもなれば、涼だって拙《つたな》いながらも自慰の喜びぐらいは知っていた。

いつもだったら、そこが弾けると同時に、喜びも頂点に達して、そのままうっと自然に熱が引いていくはずなのに、なぜかその感覚が訪れない。

それどころか、身体の奥の熱はむしろ増しているようにすら感じられた。

「涼、どうした？」

混乱している涼をいぶかしんで功一郎が聞いた。

耳元に吹き込まれたその声に、涼はびくんと身体を震わせる。

同時に、身体の奥の熱が、また迫《せ》り上がるような感覚がある。

「や、功さん……俺、身体……なんか変」

熱い、助けて、としがみつく。

そんな涼を見て、功一郎が喉の奥で微かに笑った。

「もしかして、こっちか？」

涼の放ったもので濡れた手で、功一郎が後ろの蕾に触れた。

「え、や……」

前に触れられたときはギュッとすぼまったのに、今度はその指があっさり内側に滑り込んでいく。

なに？　と戸惑う間もなく、身体が勝手に収縮して呑《の》み込んだ指を締めつけた。

それで、わかってしまった。

自分の身体がなにを望んでいるのかが……。

(あの朝もこっちに違和感があったんだっけ……)

この身体は、そこで愛される喜びを知ってしまっている。

涼自身の記憶にはなくとも、その喜びに慣れた身体は、次に与えられる刺激を求めて、勝手に先走ってしまっているのだ。

(俺、はじめてなのに……)

少しぐらいの苦痛があったとしても、愛される喜びを一から知りたかった。

この身体を使って功一郎に愛されていた前の自分は、その喜びをもう知っているのだ。

(悔しい)

チリチリと嫉妬が胸を焼く。

「や……あぁっ……」

じわっと涙が滲んでいるというのに、身体の中に入った功一郎が動くと、勝手に甘い声が唇から零れてしまう。

こんなに簡単に感じてしまう程、前の自分は何度も功一郎から愛されてきたのだ。

(でも、もう、功さんは俺のだ)

今こうして、抱かれているのは今の自分なのだから……。

「ふっ……んん。功さん……指、気持ちいい」

「そうか。よかった」

涼の声に煽られるように、太い指がぐるっと内壁を押し広げるように動く。

涼は熱い身体に急《せ》かされるまま、功一郎の身体にしがみついた。

(うわっ)

その途端、功一郎の熱が足に触れて、どくんと一気に頭に血が昇り、功一郎の指を呑み込んだそこがギュッと収縮した。

功一郎の指を締め付けたそこは、じわっととろけるように甘く痺れていく。

「あっ……だめ、だめ」

「怖いか？」

「ちがっ……。なんか、すぐいっちゃいそう」

そこで感じた記憶がないから、どんな風に達《い》くのか自分ではわからない。

でも、腰のあたりの甘い痺れは限界が近いことを教えてくれる。

「次は功さんと一緒がいい。……早く」

ねだると、すぐにするっと指が引き抜かれた。

「緊張せずに、そのまま自然に感じてろ」

ちゅっと鼻先にキスされて、功一郎の両手で膝頭を押し広げられる。

「……んっ」

熱いものをそこに押し当てられ、ごくんと勝手に喉が鳴る。

自分の身体が、それを期待しているのがわかる。

「功……さ……はやく」

熱いものを押し当てられたそこが、ひくひくしているのが自分でもわかった。

涼の言葉に誘われて、ゆっくりと熱いものが身体の奥へと入ってくる。

「あっ……う……」

痛みはない。

体重をかけ、じりじりっと押し広げようとする熱に合わせて、身体の奥が苦もなく開いていくのを感じる。

「涼」

耳に吹き込まれる愛おしげな声と同時に、功一郎は動きを止めた。

見えているわけでもないのに、功一郎のそれが根本まで収まったことが不思議と涼には感じ取れていた。

（功さんのかたち、身体が覚えてるのかな？）

唇からは、これが欲しかったのだと言わんばかりの、満足げな熱い吐息までもが勝手に零れる。

愛されることに慣れた身体とは裏腹に、ゆっくりと動き出す功一郎の未知の動きに戸惑う涼は、その両腕でただしっかりと功一郎に抱きつくことしかできなかった。


「あん……あっ……ああ……功さん……」

動きが激しくなると、羞恥心《しゅうちしん》もなにもあったものじゃなかった。

今の涼にとってはこれが初体験だというのに、愛されることに慣れている身体が容赦なく快楽を貪り味わってしまうせいだ。

暴走する身体に煽られるまま、涼は声を嗄《か》らして、功一郎の熱い身体にしがみつくことしかできない。

汗ですべる肌にしがみついた指先から、功一郎の筋肉の動きがリアルに伝わる。

擦れ合う肌は熱くて、触れ合ったところから溶けてそのまま繋がってしまいそうだ。

「功さん、あっ……また、達きそう」

ぎゅっと肩にしがみついたら、強引に身体を離され、引き抜かれた。

「やっ！」

酷いと文句を言うより先に、くるんと俯《うつぶ》せにされ、なんの予告もないままに後ろから再び

貫かれた。

「ひあっ！　……あっ……ああ……やあ……」

深くえぐられるたび、唇からは甘い声が漏れる。

今にもはち切れそうな前をギュッと摑まれて遮られたまま、何度も何度も貫かれる。

拙い自慰しか知らなかった涼にとって、この快感はあまりにも刺激的すぎて、知らず知らずのうちに涙が頰を伝ってしまっていた。

（こんなの、俺、知らない）

怖いと思う気持ちは、先走る肉体の甘い喜びに圧倒されて消えた。

身体に食い込む強い指の力と、耳元にかかる功一郎の熱い息に煽られ、深すぎる快楽に流されてなにがなんだかわからなくなる。

「功さん、もっと……ああ、……んあ……」

勝手に自分の唇から零れる喘《あえ》ぎ声を聞きながら、微かに残る正気の中、涼はぼんやりと切なさを感じていた。

（ずっと、こんな風に愛されていたんだ）

普段は温厚で優しい功一郎が、ベッドの中ではこんな風に強引で情熱的な一面を見せるなんて、今まで知らなかった。

でも、前の自分はこの功一郎をよく知っていて、いつもこんな風に熱い夜を重ねて来たんだろう。

(最初から、俺だけのものだったらよかったのに……)

嫉妬の棘がチクチクッと胸を突く。

だがその痛みは、圧倒的な快楽の中では、むしろ甘痒《あまがゆ》く感じられて逆に喜びを煽る。

切ない気持ちでさえ、こうして強く抱き締められて奥深いところで功一郎を感じると、いま抱き締められて愛されているのは自分なんだという優越感へと転じていく。

(もう、俺のだ)

「……涼、気持ちいいか?」

いったん動きを止め、涼の身体を向かい合う形で膝の上に抱き上げながら、功一郎が聞く。

「ん、いい」

こつんと額を胸に当てて頷く。

「もっと、俺のこと欲しがって……」

涼は、すりすりと功一郎の頬に頬を擦りつけた。

「おまえは可愛いな」

笑みを含んだ愛おしげな声が嬉しくて、ちゅっと音を立てて唇に吸いつく。

「俺、可愛い?」

「ああ。子供の頃から、おまえが俺の一番だったよ」

（子供の頃から？）

それなら、やっぱり功一郎は自分のものだ。

「嬉しい。俺も、功さんがずっと好きだったよ」

またちゅっと唇に吸いつき、頬に耳元に何度も音を立ててキスしていると、ぐいっと腰を抱え上げられた。

「――んんっ」

そのまま、また功一郎を呑み込みながらゆっくりと降ろされる。

「あっ……ふかっ……」

かくっと顎を上げて、涼はたまらず喘いだ。

自分の身体の重みでぐぐっと奥まで押し入ってくる熱に、身体の奥が溶かされるみたいだ。

「自分で動けるか？」

「むり……だよ。功さん、して」

涼は、ぎゅっと功一郎の首にしがみつく。

「ちゃんと摑まってろよ」

「んっ」

ゆらゆらとゆっくり揺らされながら、肩口に功一郎の唇が触れて、チリッと甘痒い刺激が走る。

（キスの跡、ちゃんとついたかな？）

前の自分ではなく、今の自分が功一郎に愛された証《あかし》が……。

明日の朝、目覚めたらちゃんと確認しなきゃと思いながら、涼は激しくなっていく功一郎の動きに甘く酔いしれ、徐々に理性を失っていった。

4

（よし、今日もちゃんとついてる）

記憶を取り戻してから一ヶ月が過ぎた今、朝に顔を洗うとき、シャツの襟をちょっと開いて肩についたキスマークを確認するのが涼の習慣になった。

薄くなっていたら、すぐに功一郎にねだってキスマークをもう一度つけてもらうのだ。

そうすると、なんだかとても安心した気分になる。

功一郎の恋人だという証が身体についていると、最初のうちの、ここには自分の居場所がないような不安感を感じずにすむから。

自分がぎゅうっと強引に押せば、比較的簡単に功一郎が負けてくれるというのもわかったので、強引に功一郎の寝室に押し入ってベッドに潜り込んでいる毎日だ。

とはいえ、三回に二回は、大人しく寝ろと無理矢理毛布で蒸されて、そのまま子供扱いされて寝かしつけられてはいるが……。

それでも、充分に幸せだ。

功一郎は横向きで寝るのが癖《くせ》らしく、熟睡する頃には決まって涼に背中を向ける。

ひとりで寝そびれたりしたとき、涼は、そんな功一郎の背中にぴたっとくっついて眠るようになった。

(温かくて、気持ちいい)

秋も深まり、肌寒い季節だからなおさらだ。

それに、広い背中にくっついているととても安心できる。

涼が背中にくっついているのに気づかず、うっかり寝返りを打って潰《つぶ》しそうだと功一郎はぶつぶつ言うが、そのわりにその表情はまんざらでもなさそうだ。

(前の俺は、こういうことをしなかったのかな)

いくら癖とはいえ、恋人に背中を向けられて寝られるのは寂しくはなかったのだろうか?

涼は少し寂しかったから、わざとくっつくようになった。

もしも、くっついて寝るなと本気で拒絶されたら、だったらお互いの寝る位置を交換しようと迫っていただろう。

功一郎と前の涼。

ふたりが、いつから恋人同士となり、どんな風につき合ってきたのか、功一郎に聞けばすんなり答えてもらえるだろうが、あえて涼はそれを聞かずにいた。

聞けば絶対にチクチクと嫉妬しそうだし、前の涼のやり方に縛られるのもなんだか嫌だったからだ。

それと、前の涼の携帯を持ち続けるのが嫌になって、新しい携帯に持ち替えた。

最近ではすっかり外を歩くことも平気になって、散歩したり、真由美の買い物につき合ったりしている。

衝動的に散歩の途中で見かけた美容院に入って、今の涼にとっては長すぎる髪をばっさり短く切ったりもした。

功一郎はどう思うだろうかと不安だったのだが、「あの頃に戻ったようだ」とむしろ好評だったようだ。

「今のおまえには、短いほうが似合うな」

すっかり短くなった髪をくりくりと撫でて、目を細めて微笑んでくれた。

大学のほうは正式に休学届けを出した。

そして今は、とりあえず高校の勉強の続きをはじめている。

(学校に行かなくていいのって、なんか変な感じ……)

平日は毎朝決まった時間に起きて登校して、学校で一日を過ごすという日常に慣れきっていたから、一日中家にいるという今の生活に慣れるのが一番大変だったかもしれない。

ちょっと油断をすると気がゆるんでしまって一日中ぼんやりすることもあるから、今は時間割を自分で決めて、なるべくその通りに過ごすようにしている。

森村達——前の涼の友人達——は、ちょくちょく遊びに来てくれては、涼の勉強を見てくれて家庭教師の真似事をしてくれている。

だがまあ実際は、いま一番面白いとお勧めの漫画を持ってきてくれたり、三年の間に流行《はや》った事柄や、芸能関係のスクープなんかをあれこれ教えてもらっていたりして、家庭教師というよりは涼が今の時代に復帰するための話し相手みたいなものだ。

功一郎が、その手のことに非常に疎《うと》いので、凄く助かっている。

（本当に三年経ってるんだな）

涼の中ではまだデビューしたての若手俳優やアイドルが現在では一番の売れっ子になっていたり、密《ひそ》かに応援していたアイドルが、スキャンダルで芸能界を辞めていたりと驚くことがたくさんある。

以前気晴らしで読んでいた漫画が完結していて、最終回までのくだりを焦《じ》らされることなく一気に読めたのはけっこう嬉しかった。

いつ頃からかははっきりしないが、はじめて会ったときと違って、今の森村達は涼を同年代ではなく、年下扱いするようになった。

ちょっと我が儘な高校生相手に、お兄さんの立場でつき合ってくれている感じだ。

名前の呼び方も、いつの間にか『永瀬』から『涼くん』に変わっている。

「森村さん達さ、なんで急に俺に対する態度変わったの？」

ちょっと図々《ずうずう》しいかなと思いつつも、森村達に甘やかされるのを楽しんでいる涼は聞いてみた。

「津守さんに色々と説明されたんだ」

「功さんに？」

「そう。今の涼くんを、以前の永瀬と同一人物だと思わないほうがいいって」

森村達が知っている涼は一年間の記憶が抜け落ちている状態で、今ここにいる涼は逆にその一年の記憶を持ち、森村達とすごした記憶を持たない。

そこら辺の記憶の線引きはしっかりしていて、現在持っていない記憶をうっすらと思い出すこともない状態だから、かつての涼の思い出話をされても今の涼は戸惑うだけだと……。

「年齢的にもまだ十六だから、そこら辺も手加減してくれってさ。――だから、涼くんを永瀬の弟だって思うことにしたんだ」

「そうそう。っていうかさ、さすがにこう性格が違うと、津守さんに言われる前から、こりゃまったくの別人だなっては思ってたんだけどね」

永瀬と違って生意気だし、我が儘だしな、と森村達が笑う。

悪かったなと、唇を尖らせながらも、涼は少しほっとしていた。

早くよくなれとか、少しは思い出したかとか、そんな風に心配している言葉を向けられても、それを素直にありがたく受け入れることなんてできそうになかったから……。

（功さん、先回りして助けてくれたのかな？）

森村達の訪問を喜びながらも、以前はほんのちょっとだけ気鬱《きうつ》に感じていたことを見抜かれていたのかもしれない。

（ほんとに、昔に比べると変わったなぁ）

以前から、目の前でオロオロしていれば手を差し伸べてくれてはいたが、人を介してそっと助けてくれることなんてなかったから。

それが前の涼と暮らすうちに身につけたスキルなのだとすれば、前の涼に感謝しなくちゃいけないのだろうか？

（……なんか、ちょっと嫌だ）

自分であって自分ではない、もうひとりの自分。

その人の影響が大好きな人に残っていることに、チクチクと軽い嫉妬を覚えてしまう自分の狭量さに、涼はちょっとだけ凹《へこ》む。

同じ人を大好きな者同士なんだからと、もっと心を広く持てればいいのかもしれないが、どうしてもそれができない。

まるっきり趣味も性格も違いすぎて、理解できないどころか、友達になれるかどうかすら疑問なぐらいだ。

次はテストするから、ちゃんと勉強しとけよ、と言い置いて森本達は帰って行った。

「言われなくてもするよ。……負けたくないし」

ひとりになった涼は、自室でぼそっと呟く。

森本達に聞いたのだが、前の涼は一年間の記憶をなくした後、自力で勉強して遅れを取り戻して高校を卒業し、ストレートで大学にも合格したのだとか。

一年と三年の差はあるから同じ真似は無理だが、ここでだらけて前の涼との差を作りたくはない。

（まあ、前の俺のマメなところには感謝してるけど……）

最近の涼は、勉強のノルマが終わり、ひとりの時間ができると、自分の部屋の書棚の奥にこっそりと隠されていた一冊のファイルをつらつらと捲ってばかりいる。

そこにファイルされているのは、功一郎の活躍を報道する雑誌や新聞の切り抜きだ。

父親の死後、功一郎は倒産しかかっていた会社を、国内外でも有数の技術を持つ唯一無二の企業だと認められるほどに立て直した。

その見事な手腕を紹介している記事ばかりが、ここにはファイルされている。

涼はそれらの記事をすべて読むことで、功一郎がどういう業種の会社を経営しているか、どれだけ苦労してきたか、そしてどれだけ優秀な経営者であるのかを知ったのだ。

（前は、功さん家《ち》には工場があるってことぐらいしか知らなかったもんな）

涼が記憶している限り、功一郎の父親が経営していた会社は、いわゆる町工場と言われるような小さな会社で、精密部品の研磨加工を手がけていた。

業界全体の流れで、外国の安い人件費に押されて徐々に製品の単価が下がりはじめた時代、功一郎の父親の会社も例外なく苦境に立たされた。

プログラム制御ができる特殊な機械を高額で買い入れ、その技術力でなんとか会社を立て直そうとしたようなのだが、取引する商品のコストは下がり続ける一方で、仕事を入れれば入れるほど赤字が嵩《かさ》むという悪循環に見舞われ、病に倒れたときにはもう倒産寸前まで追い込まれていたのだとか。

そして父親の死後、廃業か継続かの選択を迫られた功一郎は、コストをギリギリまで下げろという要求しかしてこないそれまでの取引先のすべてといったん手を切る決断をする。

その上で、自社が持つプログラム制御できる工作機械の特殊さや精密さ、様々な経験を積んだ熟練した技術工がいることをアピールして、新たな取引先を模索し市場を新規に開拓したのだ。

その結果、開発途中の航空機や自動車関連の試作部品など、現在の規格とは違う特殊な形状の精密な部品を少量ずつ依頼されるようになり、やがてその高精度の技術力が口コミで広がり、多種多様な企業から声をかけられるようになった。

そして現在では、日本を代表する精密部品加工業者として知られるようにもなった。

功一郎は、一か八かの大勝負に見事勝ったのだ。

(でも天狗《てんぐ》にならないのが功さんらしいとこだよな)

自力で立て直した会社を、さらに大きくしたいと普通は思うところだろうが、功一郎はむしろそれを望まなかった。

突出した技術力を持つことが我が社の売りであって、生産量を上げる方向に会社を成長させる気はない。小規模だからこそできることがあるのだと宣言し、工場の拡張も人員の増員もほとんど行っていない。

従業員は以前同様の二十名程度なのに、同規模の会社とはもはや比較にならないほどの売り上げを誇り、業界紙などで話題として取り上げられるのも納得の成功ぶりなのだ。

(あの頃は、きっとまだ大変だったんだろうに……)

父の死から一年の間、自社がそんな状況だというのに、功一郎は何度も自分の元を訪ねてくれていたのだ。

申し訳ないような気持ちもあるが、それほどまでに気にかけてもらっていたことはやはり素直に嬉しい。

同時に、失ったこの三年間、成功していく功一郎を側で見守っていられた前の自分がちょっと憎らしくもある。

きっと、功一郎が雑誌や新聞で取り上げられるたび、嬉しくてたまらずに、こうして丁寧に記事を切り抜いてはファイルしていたんだろう。

「なんだよ。スクラップぐらい俺だって……」

する、とは言い切れなかった。

その場では凄い凄いとはしゃいでも、すぐに忘れてしまいそうだ。

実際、写真などの類も自分ではファイルせずに、母に任せっきりだったし。

「でも、これからはちゃんとやる」

今の涼は、思い出がどんなに大切なものか身に染みて知っている。

これから先、功一郎が雑誌や新聞に取り上げられることがあったら、今の自分がこのファイルの続きに記事を綴《つづ》ることになるんだろう。

（少々癪《しゃく》に障るけどな。……なんて言ったら、功さん、きっと困惑するだろうなぁ）

——今も前もない。涼は涼だろう？

あのとき、功一郎は本気でそう言っていた。

それでも、森村達に助言してくれたことからもわかるように、やっぱり前の涼と今の自分が違うってことは、ある程度理解しているようなのだが……。

（功さんは、今と前と、どっちの俺のほうが好きなんだろう？）

昔から従兄弟として可愛がられてはいたが、その気持ちが恋愛へと変わったのはいつのことなのか？

もしも、一緒に暮らすようになったこの三年で可愛いと思う気持ちが愛に変化したのなら、今の自分とは違う、前の涼に恋したってことになる。

ちゃんと聞いてみたいような気がしたが、ちょっと怖くて聞けずにいる。

（前の俺の身代わりだったとしても、しょうがないけどさ）

今の自分は、功一郎が前の自分と恋人関係だったところにつけ込んで、無理矢理受け入れてもらったようなものだ。

ふたりの恋のはじまりがどんなだったかも知らないまま、一足飛びに肉体関係を結んでしまった今になって、わざわざ昔の話を蒸し返すのはなんだか癪に障る。

（っていうか、今さらそんなこと知りたくないしな）

ベッドの中で恋人として愛されているとき、たまに功一郎は涼の右の腕の決まったところを愛おしそうに唇でなぞることがある。

最初はなんでそんなことをするのかわからなかったが、着替えの際、そこに記憶を失うきっかけとなった事故の傷跡を見つけて、そういうことかと遅ればせながら気づいた。

事故の記憶もなく、怪我の痛みも体験していないせいか、涼は普段自分の腕に傷があることをほとんど意識していなかったのだ。

（きっとあれって、前の俺を抱いてたときからの癖なんだ）

そのことに気づいてからは、腕の傷に触れられるたびに前の自分の存在を意識して、なんだか胸がチクチクするようになった。

そんな風に、ただでさえ前の涼の存在が気になってしかたないのに、余計なことを知ることでさらに嫉妬を深めるような羽目には陥りたくない。

もしかしたら、それを知ったことで逆に安心する可能性だってあるが、今この状態で充分に幸せだし、余計な危険を冒したくないのだ。

（どっちにしたって、どうせ功さんは違いがわかってないんだし……）

今も前もないと言う功一郎の言葉にきっと嘘はない。

もしも功一郎の恋がはじまった時期が失ったこの三年間の中にあり、今の自分が前の涼の身代わりに過ぎないのだとしても、功一郎自身がそのことを自覚することはない。

功一郎にとっての涼は、常にひとりしかいないのだから……。

それが、今となっては救いだ。

前の涼への嫉妬でチクチクと痛む胸を意識しつつ、涼はそう思っていた。


よく晴れた十一月の土曜日、涼は森村と瀬川につき合ってもらって服を買いに行くことにした。

前の自分の好みの服は、趣味に合わない上に着た感じも窮屈で、日常的に着ているのがどうにも我慢できなくなったのだ。

本当は功一郎とデートがてら出歩きたかったのだが、生憎と功一郎は急ぎの仕事があるとかで休みではなかったし、若い子が行くような店は詳しくないから案内できないと尻込みされてしまった。

涼自身も三年ぶりの街の様子が微妙にわからない。

だからとりあえず、はじめてのショッピングは森村達に案内してもらうことにした。

(自分の自由になるお金があってよかったな)

父の死後のあれやこれやで、涼は自分が受け継いだ大金に対してマイナスの感情を抱くようになってしまっていたが、今はちょっとだけ感謝したい気分だ。

なにもかも功一郎に頼り切りだったら、さすがに申し訳ない気分になって、ショッピングを楽しむ気にはなれなかっただろうから……。

三年ぶりに歩いた街は、以前よりずっと洗練されていて綺麗に見えた。

建物自体が同じでも、照明の感じや商品の飾りつけのセンスがまったく違う。

涼は、以前好きだったブランドの店がまだあるのを見つけて大喜びで店内に入り、あれやこれや服を物色した。

三年も経っていると流行もがらりと変わっていて、同じブランドでもちょっとばかり雰囲気が違っていたが、前の自分の好みの服に比べれば百倍いい。

「涼くんは、この手の服が好きなのか」

フードつきのトレーナーやゆったりしたチノパン、秋冬向けのスウェードのワークキャップ等を浮き浮きして眺めている涼を、森村達は不思議そうに見ている。

「そうだよ。前の俺とは、趣味が全然合わなくてさ」

今はオーソドックスなジャケットにコーデュロイのスラックス、中のシャツはスタンドカラーでアクセントに縦長ストライプのマフラーという出《い》で立ちだ。

すらっとした長身で、品のいい顔立ちの涼には確かによく似合っているのだが、なんだか実年齢よりずっと老けた服装に感じられて、どうにも着心地はよくない。

「へえ、不思議なもんだな。同一人物なのに、なんでこんなに趣味が分かれたんだろう？」

「それ、俺も聞きたいよ。今の俺じゃ、三年経ったって絶対『おっとり天女さま』にはならないしさ」

だよなぁ、と森村達も不思議そうだ。

瀬川のリクエストでCDショップに寄り、昼食中に涼が知らないここ三年で流行った映画の話で盛り上がって、どうせならなにか一本映画を見て行こうとシネコンに寄ってから、やっと家路に着くことになった。

駅に向かう道すがら、ふと森村が一軒の小さな店の前で立ち止まる。

「ここになんか用？」

「いや。この店、永瀬がよく立ち寄ってたと思ってさ」

「前の俺が？」

立ち止まったのは、『ヴェレゾン』という名のチーズの専門店の前だった。

「特にチーズが好きってわけじゃないけど……」

ここ最近、真由美の料理を食べていて、味覚の好き嫌いだけは前の自分と違わないと確認済みだ。

(ってことは、もしかして、功さんの好物？)

功一郎のためになら、頻繁に立ち寄るってこともありそうだ。

興味を惹かれた涼は、ドアを押して店内に入ってみた。

「いらっしゃいませ。——あら、永瀬さん」

明るい声で挨拶した若い女性店員が、涼の顔を見て笑みを深くする。

「髪を切られたんですね。お似合いですよ」

「あ、いえ……」

(ほんとに常連だったんだ)

まさか、名前まで覚えられているとは思わなかった。

いちいち記憶喪失の件を説明するのも面倒だなぁと思っていると、「こいつ、永瀬の弟」と瀬川が助け船を出してくれた。

「あら、よく似てらっしゃるんですね。——それで、今日はなにをご用意しましょうか」

「えっと……兄がよく買ってたものって……」

「それでしたら、こちらの十二ヶ月熟成のミモレットとショームを」

「あ、じゃあ、それをください」

「はい、承りました」

女性店員は慣れた手つきで包んでくれて、チーズ色の紙袋に入れて手渡してくれた。


大荷物を抱えて家に帰った涼は、功一郎が帰って来る前にと急いで夕食の支度をした。

といっても、もちろん料理などできるわけがない。

週休二日制の真由美が、自分がいないときでもふたりが困らないようにと作り置きしてくれたり、冷凍してくれている料理を温めたり、生野菜で簡単なサラダを作る程度だ。

今日はチーズのお土産もあるので、功一郎にワインを勧めるべく、料理も洋風に。

メニューは、冷凍してあったビーフシチューを温めたものとピクルス、カリカリベーコンやブロッコリーをたっぷり載せたグリーンサラダ、そして功一郎の帰宅後にスライスしたフランスパンを焼いたら完了だ。

「よし、準備できた」

大体の準備を終えた涼が、得意気にテーブルを眺めていると、玄関のドアが開く音がした。

「お帰りなさい！」

功一郎の帰宅に大喜びした涼は、ダイニングキッチンから、ひょこっと玄関に通じる廊下に顔を出す。

涼の嬉しそうな顔を見た功一郎は、「ただいま」と目を細めた。

「今日は楽しかったか？」

「うん！　三年も経つと、街の雰囲気が全然変わっててびっくりしたよ」

ネクタイを緩めながらダイニングキッチンへと入ってきた功一郎は、ごく自然な仕草で屈むと、顔を上げて待ちかまえていた涼の頬にキスをする。

真由美がまだいる時間帯の場合は髪を撫でる程度なのだが、そうでないときは必ずこうしてただいまのキスをしてくれるのだ。

あの無骨だった功一郎が自発的にこんな洒落た真似をするようになるとは思えないから、きっと前の涼が頑張って何度もおねだりして習慣づけしたに違いない。

（こういうことに関しては、前の俺に感謝してやってもいいかも……）

お返しに功一郎の頬にも背伸びしてキスをひとつしながら、涼はそんなことを思う。

（きっと、このままなんとかやってけるよな）

一気に三年経ってしまった街に少しの違和感は覚えたが、それでも目新しい街並みを歩くのは楽しかった。

失った三年の記憶が戻らなくても、とりあえずこのまま今の世界にも馴染んでいけそうだ。

（母さんのことも、時間が経てばきっとなんとかなる）

今はまだ自分のことだけで精一杯だから会いに行く気にはなれない。

でも、母の再婚に戸惑ってはいても、嫌悪感までは抱いていない。

いつかは笑って会いに行ける日もくるはずだ。

（まずは、俺がここにしっかり根を張ることが先決だな）

まだまだ不安な未来をしっかり見通して、何年後にはこうなっていたいというビジョンを持てるようになろうと涼は思った。

今の涼にとって三年ものロスは大きいが、十年、二十年経てば、きっとあんときは大変だったと笑って思い出せるようになるはずだ。

そのときも、きっと功一郎は側にいてくれるはず。

一緒にすごした子供の頃の思い出を今ふたりで懐かしく話せるように、今このときも、いずれは懐かしいふたりの思い出になる。

涼は、そんな未来のビジョンを信じることにした。

「今日はビーフシチューにしたから。——功さん、ワイン飲むだろ？」

「そうだな」

「俺もつき合ってやろうか？」

ワイングラスを出しつつ聞いてみると、「未成年だろう。駄目だ」と拒絶された。

「けち」

涼としては、大好きな人と一緒にワイングラスを傾けるという、ちょっと大人のシチュエーションを味わってみたいところなのだが……。

「お？　この紙袋……」

功一郎が、使っていない椅子の上に置きっぱなしにしていたチーズが入った紙袋を見つけて手に取った。

「ああ、やっぱり。『ヴェレゾン』のチーズか。――もしかして、なにか思い出したのか？」

やけに嬉しそうな顔で聞く功一郎の顔を見てしまった涼は、それまで浮かれていた気分が、すうっと一気に冷めていく感覚を味わう。

「ごめん、そうじゃないんだ。――森村さん達が、前の俺がよく立ち寄ってた店だって教えてくれたから、ちょっと寄ってみたんだ」

「……そうか」

チーズの紙袋を眺めたまま、功一郎がふっと少し寂しげに微笑む。

それを見た涼の胸は、チクチクッと痛んだ。

(ああ、そっか……。やっぱり功さんも、俺に思い出して欲しかったんだ)

この三年間の記憶を……。

無理強いすることで涼を不安がらせないように、そんなそぶりを見せていなかっただけ。

それも当然だ。

Varaison

功一郎の恋人としての時間を共有してきたのは、今の自分ではなく、前の涼なのだから……。

今も前もないとは言ってくれたが、たぶん功一郎は、ふたりの涼の中身の違いを本当には理解していない。

同じ延長線上にあるひとりの人間であって、単に精神年齢が違うだけだと思ってくれているのかもしれない。

だが、この先何年経とうとも、今の自分は『おっとり天女さま』と言われた前の涼にはなれやしない。

そのことを、功一郎は本当にはわかっていない。

涼は、そんな風に感じた。

(年齢の違いじゃなく、そもそもの性格からして違うのにな……)

だが、それを理解してしまったら、功一郎は今の自分を恋人として扱うことにためらいを覚えてしまうかもしれない。

そんなことを考えていたら、功一郎の恋人である前の涼が、本当に憎らしくなってきた。

(三年前に俺が消えずにいたら、功さんは俺のほうを好きになってくれたかもしれないのに……)

不可抗力で自分が三年間眠っていた間に、大好きだった功一郎が前の涼に盗《と》られてしまったみたいで、なんだか酷く悔しい。

でも、そんな気持ちを表に出すことはできなかった。

前の涼に嫉妬してるなんてことを知られてしまったら、おっとり優しかった前の涼と、ハリネズミのようにすぐに刺々しくなる今の自分、そのふたりの中身がかなり違うのだということを、功一郎に気づかれてしまいそうだから……。

手に入れたばかりの、功一郎の恋人としての今の場所を失いたくはない。

「でさ、店員さんに前になに買ってたか聞いて見つくろってもらってきたんだけど……」

涼はなにも気にしていないふりをして、紙袋からチーズを取り出した。

「これで間違いない？」

「ああ、好きなチーズだ」

「よかった。じゃあこれ、カットして出すね」

チーズを持って作業台に向かう間も、涼はひっきりなしにチクチクとした胸の痛みを感じていた。

功一郎に気づかれないよう、丸呑みした嫉妬の痛みだ。

(前の俺は、嫉妬なんてしなかったんだろうな)

なにしろ、おっとり天女さまなのだから……。

「そうだ。——これ、ちょうどさっき玄関先で配達員に行き会って受け取ってきたぞ」

ほらっと郵便物を手渡されて、涼は少し戸惑ってしまった。

（これって、前の俺が買ってたのか？）

チケット販売会社からの封書だった。

中を開いて見ると、チケットが二枚とチラシが入っている。

チラシにはピアノとヴァイオリンとチェロを弾く四人の演奏家の写真が載っていて、クラシックやジャズの名曲をこのカルテットで演奏すると書いてある。

（この名前、確か部屋にあるCDの中にあったっけ……）

興味がないから、タイトルだけ見て一度も聞いていない。

「あれ？　この日付って、俺の誕生日だ」

「ああ、前に話してたコンサートだな。取れたのか。楽しみだな」

「前にって？」

「チケットがうまく取れたら、誕生日にコンサートに行きたいって言われてたんだ。――コンサート後は、誕生日のお祝いに外食しよう」

そっちは俺が予約しておくから、と功一郎が言う。

（俺、この手の音楽って、興味ないんだけどな）

興味があるのは前の涼だ。

だが、それを口にすることはできなかった。

（功さんも、ちょっと楽しみにしてるみたいだし……）

それに、この手のものに興味はないと指摘してしまうことで、前の涼と今の自分の違いを功一郎に意識されるのも困る。

（これだって、デートには違いないんだから……）

前の涼のプランを乗っ取るみたいで、ちょっと気分はよくないが、それでもこれが涼にとっては功一郎との初デートだ。

だから涼は、わざとはしゃいで「なに食べさせてくれんの？」と功一郎に聞いてみた。

「なんでも。リクエストに応えるよ」

「あ、じゃあさ、あそこに行きたい」

父がまだ健在だった頃、イベントごとに家族でよく行った高級フレンチの店に行きたいとねだってみる。

功一郎は、わかったとあっさり了解してくれた。

「やった。――あとさ、お祝いにワインも飲ませてよ」

「それは駄目だ。次の誕生日でやっと十七になるところなんだから」

「肉体的には二十歳なんだからいいじゃないか。誕生日のお祝いってことで一杯だけでいいからさ」

お願い、と涼が頼み込むと、「おまえは狡いな」と功一郎が苦笑しながら頷く。

この小さな勝利は、涼の気持ちを少しだけ和ませてくれた。

☆

「やっぱり、わかんないな」

勉強の合間に、チケットに書かれてあったカルテット名のCDを見つけ出して聴いてみたのだが、涼にはその魅力があまり、というか全然わからなかった。

そもそも、クラシック自体に興味がない。

コンポから流れてくる音楽は、ジャズの定番ソングを管弦楽で演奏したもので、今時のテンポのいいアレンジは目新しく聴きやすいとは思う。

だが、わざわざCDを買ったりコンサートに行ったりするほどじゃない。

涼は今まで、アイドルにせよバンドにせよ、歌詞のついたボーカルの歌を聴くためにCDを買っていた。

この手の楽曲は、いわゆるBGM感覚で何気なく聞き流す程度のものでしかなく、お金を払ってまで聴きたいとはどうしても思えない。

(俺って、俗物)

ちょっと凹む。

（それにしても、前の俺の趣味って、ほんと理解不能だ）

三年しか経ってないのに、どうしてこう趣味が分かれてしまったものか……。

「三年前の功さんは、俺がどんな曲を聴いてるか全然知らなかったんだっけ」

涼も、あの頃の功一郎がどんな音楽を好んで聴いているか知らなかった。

以前、従兄弟として会っていたときは、よく聴く音楽の話とかはしなかったから、それも無理はない。

功一郎の寡黙さのせいもあって、あの頃は会話自体があまり長続きしなかったし……。

一緒に暮らすようになって物理的な距離が近づいたことで、その手の個人的な趣味をお互いにより深く知るようになったのだろう。

「けっきょく、功さんがよく知ってるのって、前の俺なんだよな」

今の涼は、功一郎と従兄弟として旅行したり遊んだことはあっても、一緒に暮らしたことはない。

一緒に暮らしていたのは前の涼。

寡黙だった功一郎が今みたいにわかりやすい優しさを表せるようになったのも、恋人としての甘い仕草を見せてくれるようになったのも、前の涼のお手柄であって、今の自分はなにもしてない。

功一郎との恋愛を楽しみ、その関係を日々深めていたのは前の涼なのだ。

「……なんか、今の俺って、主人公の身体を乗っ取ってる悪者みたいだな」

もしくは、偽物か……。

(俺だって、涼なのに)

前の俺のことなんて知るかと、この部屋にあるものを全部思い切って捨てたら、きっとすっきりするだろう。

でも、それをすることで、前の涼と今の自分の違いを、功一郎に気づかれるのが怖い。

功一郎が愛した恋人に対して、嫉妬心を抱いていることを知られるのも怖い。

前の涼より今の俺を好きになってと功一郎に迫ったとして、それでOKをもらえる自信もない。

(なんせ、相手は『おっとり天女さま』だもんな)

おっとり優しく、でも毅然としたところもある大学生のもうひとりの自分に、我が儘で自分勝手なところのある高校生のお子様な自分が勝てるとはどうしても思えない。

功一郎に恋人として認めてもらえたような気分になっていたけど、けっきょく今の自分は前の涼のおこぼれをもらっているだけ。

本当の意味で今の自分が功一郎に恋人として選ばれたわけじゃないから、足元はまだまだ不安定なまま。

「……怖い」

以前の涼だったら、怖いときはハリネズミのように全身に刺々しさを纏って、周囲を威嚇し、傷つけることで自らの身を守っていた。

でも、今それをしてしまったら、確実に功一郎を傷つけることになってしまう。

功一郎を傷つけるのも、そんな真似をして功一郎を失う羽目に陥るのも嫌だ。

しかたなく無防備なままでいると、前の涼が残していった痕跡が、今の涼を苦しめる。

今の自分とはまったく違う、前の涼。

その違和感に、今の自分の存在の足場の不確かさを思い知らされて、不安で不安でたまらなくなる。

チクチクと、絶え間なく続く微かな痛みに耐えられず、涼はじわりと涙ぐんでいた。

5

けっきょく買った服は袖を通さないまま、クローゼットの奥にしまい込んだ。

それを着たら、髪を切ったときのように、昔に戻ったみたいだと功一郎《こういちろう》は喜んでくれるかもしれない。

でもそれは、従兄弟《いとこ》だった時代の涼《りょう》であって、恋人だった涼の姿じゃない。

(ただの従兄弟扱いされてもなぁ)

涼は、功一郎の恋人として生きていきたいのだ。

だから、三年前の自分を取り戻したところで意味がないような気がする。

功一郎から恋人として愛されるためには、前の涼により近づいたほうがいいように思うのだ。

「髪も切らなきゃよかった」

切った直後はすっきりしたけど、今となっては失敗だったと思う。

髪を切ったことで、ちょっと幼くなったような気もするし……。

「もう一回、あそこまで伸びるのにどんだけかかるんだろう？」

涼は、本棚から前の涼のアルバムを取り出して写真を眺めては溜《た》め息をつく。

ほとんどが高校や大学で撮った写真ばかりで、写真の中の涼はどれもこれも大人びた顔でおっとり微笑《ほほえ》んでいる。

今の涼がするみたいに、口を開けて笑ったり、むっとして唇を尖《とが》らせたりしてる顔なんてほとんどない。

「……俺にもできるかな？」

試しに鏡を見て、写真を真似て微笑んでみたが、口元は変に歪《ゆが》むし、頬《ほお》はピクピクするしで、さっぱり駄目だった。

（だったら、せめて大口開けて笑わないようにしよ）

功一郎と一緒にいると子供時代に戻ったような気分になって、つい大喜びしてはしゃいでしまうが、その癖《くせ》も子供っぽすぎるからちょっと控えたほうがよさそうだ。

クローゼットの中にあった大人びた服を着て、髪もまた伸ばして、なるべく前の涼と似通った大人の雰囲気を漂わせるようにする。

前の涼に近づけるよう、猫を被《かぶ》ってみるのだ。

（ちょっと惨めだけど……）

でも、そのほうがきっと、功一郎に恋人として好かれるに違いない。

功一郎の側《そば》にいるためなら、なんでもできる。

四六時中胸を刺す、嫉妬《しっと》という名の棘《とげ》の痛みも、いずれは慣れて気にならなくなるはずだ。

涼は、そう思い込もうとしていた。


午後遅く、ひとりで勉強していると、ココンとドアをノックされた。

どうぞ、と返事をすると、珍しく渋い顔の真由美《まゆみ》が顔を出した。

「涼さん、沙織《さおり》さんがいらっしゃってるんですが……。——会います？」

「会わない……ってのは無理だよな」

涼も渋い顔でそれに答える。

沙織というのは、涼の母の年の離れた姉で、涼にとっては伯母《おば》に当たる人である。

ちなみに、功一郎の父親が三人兄弟の真ん中だ。

正直言って、この伯母のことが、涼は子供の頃から苦手だった。

下ふたりがどちらかというとおっとりしているせいか、姉である沙織はやたらと仕切り屋で我が強く、いわゆる天上天下唯我独尊《てんじょうてんげゆいがどくそん》といった性格なのだ。

渋々ながら一階のリビングに向かうと、伯母は我が物顔でソファに座り、真由美が出した紅茶を美味《おい》しそうに飲んでいた。

部屋に入ってきた涼をちらりと見て、元気そうねと呟《つぶや》く。

「美沙から聞いたけど、記憶が戻ったんですって？」

「……お陰様で。もう一ヶ月以上経《た》ちますけど」

「そんなに前だったの？　だったら、どうしてもっと早くわたしに知らせてこないの。もうじき二十歳《はたち》なんだから、それぐらい母親任せにしないで自分で連絡しなさいな」

「あ〜、はいはい。そりゃすいませんでしたね。以後気をつけます」

涼がふてぶてしく答えると、伯母は不愉快そうに軽く眉をひそめた。

「その嫌味な口調……。本当に元に戻ったみたいね」

（ってことは、前の俺は、沙織伯母さん相手でも、とりあえずは礼儀正しく接してたのか）

よくやるよと、ますます理解不能だ。

「で、今日はなんの御用で？」

「可愛い甥《おい》っ子の記憶が戻ったのを確認しにきただけよ。ああ、それと、前にも何度か言いましたけどね。そろそろ、この家を出て行くことを真剣に検討しなさいね」

「はい？」

「いい加減、母親の元に戻りなさいな。再婚相手と一緒に住むのが嫌だって言うんなら、独立するのも悪くないわ。もうじき二十歳なんだし、それに記憶の欠如も埋まったんでしょう？　お金は充分にあるんだから、ひとり暮らししてみたら？　——とにかく、あなたがここにいれば、どうしたって功一郎さんの縁談の邪魔になるんだから、もう少し気を使いなさい」

世間の常識を考えなさいと、伯母が言う。

(功さんの縁談の邪魔?)

まあ確かに、大学生の従兄弟を自宅に住まわせている男に、自分の娘を嫁がせたいと思う親はあまりいないだろう。

いわゆる小舅《こじゅうと》みたいなものだろうし……。

なるほどと涼は納得したが、ここで素直に頷《うなず》く気にはなれない。

「沙織伯母さん、言いたいことはわかるけどさ、謹んでお断りしとくよ。——俺をここから追い出したかったら、まず功さんを説得して。功さんが出て行けって言わない限り、俺はここにいるからさ」

「……功一郎さんに言っても聞かないから、あなたに言ってるのよ。あなただって、いつまでもこの家に居続けられないってことぐらいわかってるでしょう? 功一郎さんの結婚が決まった後で追い出されるようにここを出て行くより、自分から出て行ったほうが気分だって悪くないでしょうに」

「お気遣いなく。余計なお世話です〜。——ところで、そもそも功さんには縁談を受ける気があるの? 前に結婚前提でつき合ってて、会社傾いた途端トンズラしちゃった女性って、確か伯母さんの紹介だったんじゃなかったっけ?」

「…………そうよ。だから、責任感じて新しい人を紹介しようとしてるんじゃないの。なのに功一郎さんったら、見合い話となるとてんで話を聞こうとしないのよ」

「ふうん。ってことはさ、功さんには見合いする気がないってことだろ？　――じゃあ、これで話は終了だな」

残念でした、お疲れさま〜っと、からかう口調で言うと、伯母はかあっと顔を赤くした。

「もう、ほんとに憎たらしい子！　記憶が戻ったら、ちょっとは話し合いができるようになるかと思えば、すっかり可愛げがなくなっちゃって」

「いや〜、沙織伯母さんこそ、三年経っても相変わらずで」

自分勝手で押しつけがましくて、子供みたいにすぐ感情的になって……。

とはいえ、涼はこの伯母のことが苦手ではあるが、嫌いではなかった。

一応、この人はこの人なりのやり方で、甥っ子達の心配を本気でしてくれているからだ。

ただ、その心配の仕方が非常に自己中なだけ。

父の死後、守銭奴達の攻撃に晒《さら》されて涼達母子が苦しんでいたときなどは、お金はあるんだから、ボディガードを二十人も雇って常にガードしてもらえばいいでしょう？　などとあきれ顔で言っていた。

当時は、そんな大袈裟《おおげさ》なことをしたら余計に目立つから嫌だと、よく考えずに却下してしまったが……。

（あれはあれで、今から考えればそれなりに正論だったよな）

切実な恐怖から解放された今ならそれがわかる。

実際、VIPなどは金の力で身の安全を確保していたりするのだから……。

だが、当時の涼達母子は他人が怖くてしかたなかったのだ。金で雇ったとはいえ、始終他人が周囲をうろついている状況では、安心して暮らすことはできなかっただろう。

伯母は、ビクビク怯《おび》えて暮らしてたってしょうがないでしょうと、精神的に弱った母を頭ごなしに説教してはさらに怯えさせてくれたりもしたが、それでも、父方の親族のように欲の皮を突っ張らかしたりすることは一切なかった。

(これでいて、けっこう情は深いんだよな。……自己中だから迷惑だけどさ)

それがわかっているから、涼はとりあえず彼女の誤解を解くことにした。

「沙織伯母さん」

「なによ」

「俺の記憶、戻ったことは戻ったけど、その代わりにここ三年の記憶がすっぽり抜けちゃってるんだよね」

「……え？」

「だから俺、いま三年分記憶喪失なんだ」

伯母は、まあ、と言うような形で口をぽかんと開けていた。

(やっぱり誤解してたか)

記憶の欠如が埋まったとかって言ってたし、大人扱いするからもしかしたらと思ったのだ。

「母さんから、なんて聞いてきた?」

「涼さんの記憶が戻ったって……。もう、あの子ったら肝心なことを言わないなんて……」

抜けてるんだから、と伯母が怒る。

(酷《ひど》い言われようだ)

だが、実際はたぶん、涼の記憶が戻ったと母から聞いた伯母が、よかったわねぇとひとりでまくし立て、ろくに母の話を聞きもせずに浮かれるまま一方的に通話を切ったってところだろう。

苦情を言ったところで聞きやしないだろうから、黙っているが……。

「そういうことなら話は別よ。前より記憶喪失が悪化してるんじゃ、ひとり暮らしなんて当分させられませんからね」

案の定、伯母はあっさりと考えをひるがえし、ぬか喜びさせて……とぶつぶつ呟く。

が、不意に口を閉ざして真顔になると、しばらくして、ぼそっと言った。

「三年分記憶が抜けてるってことは、あの子が再婚したことは?」

「功さんから聞いた。まだ、直接は会ってないけど」

「そう。……一応言っときますけどね、わたしは反対したのよ」

「再婚に?」

「そうよ。あの子に相談されたとき、今は止《や》めたほうがいいって言ったのよ。せめて、涼さんが大学卒業して独り立ちするまで待ったほうがいいって……」

「へえ、そうなんだ」

「そうよ。当然でしょ！　記憶喪失になった未成年の息子をほったらかしておいて、他の男と再婚だなんて、そんなみっともない真似許せますか！　涼さんが可哀想じゃないの！」

「……だよなぁ」

はじめて今の自分の立場からものを言ってくれる人に出会って、涼は思わず、うんうんと、頷いてしまった。

が、その途端、キッと伯母に睨《にら》みつけられた。

「って、わたしが言ったら、あなたは『俺は平気ですよ』って言ったのよ！」

むしろ、三矢《みつや》さんが相手なら大歓迎だと、前の涼は功一郎と共に母達を祝福したのだとか……。

「あなたのために反対してあげたのに、それじゃわたしが馬鹿みたいじゃないの！」

「……いや、その……ごめん」

伯母の物言いに押しつけがましさは感じるが、確かにちょっと気の毒な話かなと、涼は苦笑しつつもなんとなく謝ってみる。

「でも、最終的には、沙織伯母さんだって許したんだろ？」

涼の母には、年の離れた姉の反対を押し切るだけの強さはないはずだと思って聞いたら、案の定、伯母は渋々と言った体《てい》で頷いた。

「妊娠しちゃったんだから、もう反対したってしょうがないでしょう」

「あれ？　母さんって、できちゃった再婚だったんだ」

「そうよ、もう、ほんとにいい年してみっともないったら」

恥ずかしくて顔から火が出そうよ、と伯母は本当に顔を赤くした。

「しかも、出産予定月がうちの夏実《なつみ》ちゃんと一緒なのよ」

「あっと、そうか……。夏実ちゃんも結婚したんだっけか」

夏実というのは、伯母のふたりの子供のうちの下の娘だ。

前の涼のアルバムの写真に、その結婚式での写真が何枚か貼ってあった。

ちなみに上の長男は涼が中学生の頃に結婚して、伯母達とは別所帯を持って暮らしている。

「ええ。……そうね。三年間の記憶がないってことは、あなたは知らないのよね」

結婚式のDVD見る？　と急に浮き浮きしだした伯母に聞かれて、涼は謹んでお断りした。

「夏実ちゃん、一人目の子供？　二人目？」

「一人目よ。わたしにとっては、三人目の孫ね」

「そっか、よかったな」

「ありがとう。……あら、嫌だ。話が逸《そ》れちゃったわね。そうそう、美沙の再婚の話をしてたのよ。——だからね、わたしは反対したの。あなただって、反対したければ今からだって遅くないわ。思いっきり反対してやりなさい」

「え、だって、お腹《なか》の子に悪影響与えちゃまずいんじゃないの？」

「功一郎さんがそう言ったの？　平気よ。医者だって順調だって太鼓判押してくれてるんだから。男共はね、ちやほやし過ぎなの。——あの子には、母親として子供の不満を受け止めなきゃいけない責任があるはずなのよ。ただし、万が一のことがあったら困るから、わたしも一緒に行きますけどね」

いつ行く？　とせっかちに聞かれて、涼は苦笑しながら首を横に振った。

「止めとくよ」

「あら、いいの？」

「うん、もういい。……沙織伯母さんがギャーギャー言ってるの聞いてたら、なんか気がすんだ」

みっともないだの、涼さんが可哀想だのと、今さら過ぎて言えなくなってしまった心の中のわだかまりを、伯母にはっきり言ってもらえて、すっきりと心が軽くなった気がする。

(実際、俺が文句言ってたとしても同じことになったんだろうしな)

記憶を失わないまま、母の再婚という問題に直面したとして、当初は反対したとしても最終的にはきっと許してしまっていただろう。

なんだかんだ言っても、涼は母のことが大好きなのだ。

だから、やっぱり幸せでいて欲しいとは思う。

「ギャーギャーって……失礼ね」

伯母は、ぷいっと顔を背け、ふと、涼にもう一度視線を戻した。

「そうだわ。――涼さん、家に来ない？」

「はあ？　唐突になに言ってんの？」

「あら、だって、三年前とは、家も事情が変わったのよ。夏実ちゃんもお嫁に行っちゃったし、いま夫婦ふたりだけなの。部屋も余ってるし、ちょうどいいと思わない？」

「思わない。――やだよ。毎日伯母さんからギャーギャーうるさく言われるの」

「失礼ね。ほんとに可愛げがないったら」

ぷいっと顔を背けた伯母は、今度は元気にソファから立ち上がった。

「まあ、いいわ。とりあえず、元気でやってるみたいだし……。――真由美さん、悪いけど、これからもこの子の面倒を見てあげてね」

側でハラハラしながら控えていた真由美にそう言って軽く頭を下げると、伯母は止める間もなく帰って行ってしまった。

「……相変わらずでしたねぇ」

「ほんとに」

「悪い人じゃあないってのはわかるんですけどね。……やっぱり、しょっちゅう会いたいタイプの方じゃないですよね」

「同感」

唐突に来て唐突に去って行った伯母を見送った後、涼と真由美はなんとなく呆然《ぼうぜん》としたままで玄関先に立ちつくしていた。

「前の俺ってさ、おっとりした性格だったんだろ？　沙織伯母さんにどうやって対抗してたのさ？」

「のら〜りくら〜りと、上手に話を逸らしてましたね」

伯母は短気だから、そんな風に話を逸らされてばかりいると苛々《いらいら》してしまい、我慢できずに席を立ってしまっていたのだとか。

「そっか」

（のらりくらりか……。俺にはできない芸当だな）

涼はどちらかというと、短気なほうだ。

ちなみに我儘《わがまま》で自己中なところもあるから、子供の頃からあの伯母の姿を反面教師にして、ああはならないようにしようと思っていたりもする。

（でもまあ、前の俺も沙織伯母さんと戦ってたのか）

同じ人を好きな者同士、ここにいたいと思う気持ちは一緒なんだろう。

前の涼が伯母と戦ってくれていたから、ここにいることができているのだから、その点では感謝してやってもいいかもしれない。

「じゃあ、少し早いけど、今日はもう帰りますね」

家の中に戻りながら、真由美が言った。

「なにか用事でも？」

「いいえ。夕飯の支度をしなくてもよくなったからですよ」

「え？」

「沙織さんが、涼さんの夕食にって、お重を持ってきてくれたのでね」

「お重を？」

キッチンに行くと、本当に三段重ねの重箱があった。

中を開けてみると、手作りらしき太巻きや煮物、ふっくら卵焼きにエビフライ、野菜をたっぷり巻いた生春巻き等々、子供の頃の涼が好きだったご馳走がたっぷり入っている。

「作りすぎた夕食をお裾分《すそわ》けにってことらしいですよ」

「いや、それ嘘だろ」

でしょうね、と真由美が笑う。

涼の記憶が戻ったことを、彼女なりに喜んでくれたんだろう。

（もうちょっと、優しく対応してやってもよかったかな）

と思っていても、あの伯母を目の前にすると似たもの同士なせいか対抗意識が目覚めて、つい嫌味が口をついて出てしまうのだが……。

「このお重、どうしたんだ？」

帰宅してすぐ、キッチンのテーブルに並んだ三段重ねのお重を見て功一郎が聞いた。

「沙織伯母さんが来たんだ。俺の快気祝いのつもりみたい」

記憶が綺麗《きれい》に繋《つな》がったものだと思い込んでいた話をすると、功一郎はちょっと苦笑した。

「沙織伯母さんは人の話をよく聞かないからな。——なにか言われなかったか？」

功一郎が少し心配そうな顔をしたところを見ると、どうやら以前の涼は、伯母とのバトルを功一郎にちゃんと報告していたらしい。

今日のことを黙っているつもりだった涼は、しかたなく頷いた。

「ちょっとね。でも、俺の記憶が前より大きく穴抜けになってるって知って諦《あきら》めてくれた」

「そうか。よかった。——とりあえず、俺のほうから今後はその手の話をしないようにと言っておくから」

「いいよ、わざわざそんなことしてくれなくても……。沙織伯母さんとバトルの、けっこう面白いし」

にっと笑う涼を見て、功一郎は嬉《うれ》しそうに目を細めた。

「以前も同じことを言ってたな」

ほどほどにな、と涼の頬にひとつキスすると、着替えのために寝室へ消える。

(やっぱり、功さんは前の俺との共通点を見つけると嬉しそうな顔するんだな)

涼の胸は、またチクチクッと痛んだ。

☆

以前森村《もりむら》達と一緒にショッピングに行ったとき、映画の話で盛り上がったことがきっかけになって、今の涼はＤＶＤのレンタルにはまっている。

三年も経つと、以前見ていた映画のシリーズの続編が何作か出ていたり、かなり話題になったという作品がＤＶＤ化されていたりして、見る作品に事欠かないからだ。

功一郎にその話をすると、映画館の大画面で見られなかった代わりにと、リビングのテレビを大画面のホームシアターに買い換えてくれた。

ふたりでソファに座り、おしゃべりしながら涼がレンタルしてきたＤＶＤを一緒に見るのが、最近のふたりの新しい習慣になっている。

ずっと仕事が忙しかったからか、功一郎はここ四年ほど滅多に映画を見に行ってなかったようで、涼が借りてくるDVDのほとんどが初見らしい。

シリーズものなどは、最初のほうを見ていないこともあって、功一郎のために一作目から見返していたりもする。

（こういうの楽しい）

ソファに並んで座って、照明を絞った部屋でふたりで大画面を眺める。

同じシーンを見てビクッとしたり、同じタイミングで鼻や目に手を当てたりして、ついつい、ふたりでクスッと笑ってみたり……。

涼は、功一郎と同じ時間を共有する幸せに浸っていた。

画面を見ていると、ふと功一郎の腕が肩に回されたり、大きな手がくしゃっと髪を撫《な》でていったりもする。

恋人らしいごく自然なスキンシップはとても幸せな気分にしてくれるが、同時にふたりの間に前の涼の影を感じてしまって、チクチクと胸が痛み、少しだけ気持ちが翳《かげ》ることもある。

（こればかりは、しょうがないんだから……）

功一郎の恋人だったのは前の涼なんだから、その影を功一郎の心の中から追い払うことはできない。

そんなことをしたら、偽物の自分の存在価値そのものがなくなってしまうだろう。

ふたりの間に歴然としてある前の涼の存在を、慣れつつあるチクチクする胸の痛みとともに、認めるしかないのだ。

涼は半ば諦めるような気持ちで、そんな風に考えるようになっていた。


(……っと、あったあった)

すっかり通い慣れたレンタルショップで、目当ての映画シリーズの一番新しいDVDを発見した涼は思わず口元を緩めた。

もうじき、このシリーズの最新作が劇場公開されると森村達からは聞いている。

そうなったら、休日に功一郎を誘い出して、ふたりで映画を見に行くつもりだ。

(ついでに、功さんに俺の新しい服も選んでもらおう)

前の涼が好んだ服はいまだにどうしても身体《からだ》に馴染《なじ》まないが、功一郎が好きな服ならばきっとどんなのでもすぐに平気になるはずだ。

今の自分と一緒に行動した記憶を、功一郎にもっとたくさん持って欲しいとも思う。

(そういえば、もうチーズなくなってたっけ……)

以前、『ヴェレゾン』で買ったチーズは功一郎のかなりのお気に入りみたいで、あっという間になくなってしまった。

涼も少しだけ味見してみたが、普通のチーズと違って風味が濃厚で、確かに美味しかったように思う。

(俺も、一緒にワイン飲みたいんだけどな)

だが、過保護で真面目《まじめ》すぎる保護者兼恋人がそれを許してくれない。

とりあえず二十歳の誕生日が過ぎれば、押しに弱い功一郎を説得するのはぐっと楽になるはずだと期待しているが……。

賞味期限を考慮した上でちょっと多めにチーズをまとめ買いしておこうかと思い立った涼は、電車に乗って『ヴェレゾン』へと向かった。

(こういうとき、自転車があれば便利なんだけど)

一駅の距離ぐらいならば、電車に乗るより自転車のほうが早いくらいだ。

高校に通っていたときは、いわゆるロードバイクと呼ばれる自転車を愛用していた。

あのとき乗っていたものは、事故の際に廃車になってしまったらしい。

真由美に聞いたところによると、前の涼は事故の怪我《けが》の痛みが長引いたせいか、事故後は自転車に乗るのを怖がるようになったらしい。

そのせいで、功一郎の家には自転車が一台もない。

(乗ったら、やっぱりまずいよな)

前の涼が怖がっていた自転車を、今の自分が平気で乗り回してしまったら、功一郎に違和感を与えかねない。

ここは不便でも我慢するしかなかった。

首尾よく『ヴェレゾン』でチーズを大量に買い込んだ涼は、ついでに街をぶらぶらと散策することにした。

(CDショップって、確か、あっちのほうだったっけ……)

以前、森村達と歩いた記憶を辿《たど》りながら、ショップのウインドウを眺める。

(もう、こんな季節なんだ)

この間は見かけなかったクリスマスの飾りつけを見つけ、ちょっと浮き浮きしたとき、ふとウインドウの中に見慣れた人影を見つけたような気がした。

(あれって……。——やっぱり、功さんだ)

思わず、え？　とショップ名を確認してしまったのは、功一郎が立ち寄っている店が、いわゆる宝飾店だったからだ。

(似合わな……くもないか)

イメージからすると、無骨な功一郎にはこの手の店が似合わなそうな気がするのだが、きらびやかな硝子《ガラス》ケースの前に立つその姿は意外にもしっくりして見えた。

経営者らしくきちんとした落ち着いたスーツ姿で、その態度も特に緊張したところが見られないせいかもしれない。

(なに買ってるんだろう？)

涼はウインドウに張りついて、功一郎の手元をじっと見た。

すでに支払いを終えた後だったようで店員からはショップロゴの入った紙袋が手渡されていて、その中身がなんだかはわからない。

功一郎が店から出てきたところで、なに買ったの？　と気安く駆け寄ろうとしたのだが、その途中でなんだか急に足が竦《すく》んで、つい立ち止まってしまった。

功一郎の雰囲気が、いつもとはちょっと違っていたせいだ。

（なんだ？）

功一郎は、ひとりでいるときには珍しく、うっすらと微笑んでいた。

その口元に浮かぶ微笑みが、普段の優しげなものとは少し違っているような気がして、なにか引っかかる。

（苦笑い……とも違うか）

それは、なにかを達観したような、ちょっと翳りのある微笑み。

光の加減でたまたまそう見えただけかもしれないが、話しかけるチャンスを失った涼は、功一郎を黙って見送るしかなかった。

功一郎の背中が見えなくなると、やっぱりあの紙袋の中身がむしょうに気になってくる。

（功さんは、自分でアクセサリーなんか買うような人じゃないし……）

そして、自分の誕生日はすぐ目の前だ。

気になって気になってたまらなくなった涼は、そのまま店の中に入って行った。

功一郎の接客を担当していた店員を見つけて、なにを買っていったのか教えてくれと頼み込んでみる。

さすがに個人情報云々の都合か、最初のうち店員は教えるのを渋っていたが、「具体的にどれ買ったとかいくらだとか聞きたいんじゃなくて、なにを買ったかぱくっと教えてもらえるだけでいいんだけど……。身内なんだ。ほら、ちょっとここら辺とか似てるでしょう？」と涼が功一郎に似ている自分の目元を指差したりして、お願いと必死で頼み込むと、店員は渋々ながらもこっそり教えてくれた。

「お揃《そろ》いのリングですよ。イニシャル入りの……」

絶対に内緒にしてくださいねという店員に何度も頷いて、お礼を言って店を出る。

（リングだって……）

しかもお揃いでイニシャル入り。

指輪みたいなものを親しくない他人に贈るはずがないから、つまりそれは……。

（俺に……かな？）

いや、絶対に自分にだと涼は確信した。

功一郎は浮気するような人じゃないし、指輪をもらえる立場にいるのは自分だけだ。

（でも、たぶん、前の俺になんだよな）

恋人とお揃いの指輪をつけるだなんて、無骨な功一郎がひとりで思いつくとは思えないから、きっと前の涼が二十歳の誕生日プレゼントとしておねだりしたに違いない。

だが、それでもかまわない。

中身は違っても肉体は同じなのだから、指輪だってこの指にぴったりなはず。

たとえそれが前の涼のために用意されたものだとしても、どうしてもあれが欲しい。

恋人とお揃いの指輪は、互いの絆《きずな》をさらに深めるための約束の印みたいなものだから……。

(ああ、楽しみ。早く誕生日にならないかな)

涼は浮き浮きした幸せな気分で家路についた。


そして、その夜。

功一郎が入浴している隙《すき》に寝室にこっそり侵入した涼は、クローゼットを漁《あさ》っていた。

目的はもちろん、日中に見かけたあの宝飾店の紙袋だ。

隠し事なんてろくにしたことがなさそうな功一郎のことだ。

誰にでもすぐにわかる場所に隠してあるに違いないと予想していたのだが、思った通り、帰宅してすぐ着替えのついでにクローゼットの奥に突っ込んでおいたようだ。

(やった！　やっぱりここにあった)

首尾よく発見した涼は大喜び。

はしゃぎたいのを我慢して紙袋を掲げると、寝室の真ん中でくるくると意味もなく回る。

その後、紙袋の中をドキドキしながら覗《のぞ》き込んだ。

中には、綺麗なリボンがふわりとかけられた長方形のジュエリーケースが入っている。

ここにふたり分のリングが並んでるのかと思うと、今すぐこのリボンを解《ほど》いて中を見てみたい衝動に駆られたが、器用なほうではないので、リボンを解いてしまった後、同じように結べる自信がない。

(我慢だ。一週間後にはもらえるんだからさ)

なんとか必死で誘惑に打ち勝った涼は、紙袋をもう一度クローゼットの中に戻すと慌てて一階に戻った。

「涼、風呂あいたぞ」

「はい！」

階段を降りたところで風呂上がりの功一郎に声をかけられ、思わずビクッとする。

功一郎の顔を見てしまうと、はしゃぐ気持ちのままに抱きついてしまいそうだから、ぐるっと回れ右して、着替えを取りに自室に向かうべくもう一度階段を上った。

(落ち着けって。でないと、せっかくの誕生日の楽しみが台無しになる)

今すぐにねだって貰《もら》うより、二十歳の誕生日の記念に貰ったほうがずっと嬉しい。

とはいえ、今の涼にとっては十七歳の誕生日ってことになるのだが……。

長風呂してなんとか気を静めた涼は、功一郎の寝室に直行しようとして、階段の所で足を止めた。

リビングに通じるドアの硝子部分から灯《あか》りが漏れていたのだ。

風呂上がりに功一郎が一階に留まっているのは珍しい。

普段は、風呂から上がると酒を片手に寝室に行って、持ち帰った仕事をしたり、本を読んだりするからだ。

「功さん？」

リビングのドアを開けてすぐ視界に入ってきたのは、ホームシアターの大画面に流れる映画のタイトルロールだった。

「これ、さっきまで見てたやつ？」

ウイスキーのグラスを傾けながら画面を見ていた功一郎に話しかける。

「そうだ。ラストシーンがもう一度見たくなったんでな」

「よかった。気に入ったんだ」

しめしめといった気分で歩み寄り、どすんとソファの隣りに座った。

「あのさ、これの続編、年末年始あたりに公開される予定なんだって」

「そうなのか。だったら、一緒に見に行くか？」

「うん、行く行く！」

やったぁと抱きつくと、よしよしと条件反射的に頭を撫でられる。

(……しまった)

ちょっと子供っぽすぎる態度を取りすぎたかと後悔していると、「楽しそうでよかった」と安堵《あんど》したように呟く功一郎の声が耳に届く。

「え？」

「最近、少し元気がなかっただろう？　なにか、悩み事でもあったんじゃないのか？」

「……悩み事？」

それなら確かにある。

今の自分が、功一郎が愛した前の涼とはあまりにも違いすぎること。

今のままでいたら、いずれその違いがばれて、功一郎の愛を失うかもしれないという不安を抱えていること。

そのせいで、前の涼みたいな雰囲気になるように振る舞っていたつもりだったのに、功一郎の目には元気がないように見えていたとは……。

(でも、功さんには言えない)

言ってしまったらなにもかもおしまいになるかもしれないから。

ちょっと困って口ごもる涼の目を覗き込みながら、功一郎が「おまえには笑ってて欲しいんだ」と呟く。

「人を信じられなくなって、自分の殻に必死で閉じこもっている姿は、もう二度と見たくない。側にいるのに助けてやれないあの歯がゆさを感じるのも、もうごめんだ。——悩み事があるのなら、どんな些細《ささい》なことでも俺に打ち明けてくれ。おまえのためなら、なんだってしてやるから……」

ぎゅうっと抱きすくめられて、功一郎の胸に顔が押しつけられる。

「功さんが笑ってて欲しいって思うのは、ハリネズミみたいになってた俺？」

「ハリネズミ？　手の平サイズのあれか。……おまえの顔で想像するとやたら可愛いな」

功一郎はふっと微笑んだ。

「そうだな。ハリネズミだった頃のおまえだ。——この三年、おまえが側で微笑んでいても、あの頃のおまえのことがずっと気にかかっていたんだ。抜けた一年の記憶を持ったおまえを、よりによって一番辛《つら》い時期に、ひとりで置き去りにしてきてしまったような気がして……」

戻ってきてくれてよかった、と優しく囁《ささや》く声に、涼はなんだか泣きそうになってしまった。

（でも功さん、その代わりに前の俺がいなくなっちゃったんだよ？）

功一郎の恋人だった、おっとりと優しく微笑む大人びた涼が……。

その不幸の上に、今の自分は存在している。

その事実が、なんだか酷く悲しい。

（でも、功さんには言えない）

本人が気づいていない不幸を、わざわざ口にして気づかせるわけにもいかず、涼は悲しい気持ちで言葉を呑《の》み込む。

「……俺、今、ちゃんと楽しいし幸せだよ」

不安や悩み事もあるけれど、それでも充分に幸せだ。

こうして、功一郎の側にいることができているのだから……。

「ちょっと……その……母さんのこととかで色々考えてたけど、それも沙織伯母さんに会ったら、なんかどうでもよくなってきたし」

「ああ、そうか、それを悩んでたのか。――何度も言うようだが、焦らなくてもいいんだぞ」

「うん。……わかってる」

本当にそうだろうか？

焦って前の涼みたいになろうとしなくても、功一郎の心を自分の元に引き止めておけるものなのだろうか？

よくわからない。

わからないけど、前の涼みたいになろうとするのはもう止めるしかない。

（それで功さんを不安にさせてたんじゃ、全然意味ないし……）

功一郎に愛されたくて前の涼の真似をしていたけれど、そのせいで元気がないと心配されることになるなんて思ってもみなかった。

功一郎にとっての今の自分は、まだまだ無邪気な子供でしかなく、おっとり優しい天女さまを演じるには力不足だったってことなんだろう。

今の自分のままでいれば功一郎は安心するのかもしれない。

だが、このまま無邪気に振る舞い続ければ、いずれは恋人として愛していた前の涼との違いに気づいてしまうかもしれない。

いま側にいるのは、あくまでも従兄弟として接していた頃の涼で、自分が愛していた涼とは別人なのだと……。

(そうなったら、功さん、どうするだろう?)

あっさり別れるなんてことができる人じゃない。

熱心に迫られたからとはいえ、本心から愛していない存在に手を出してしまったことで、苦しむことになりはしないか?

(……気づく前に、今の俺のことを本当に好きになってくれればいいのに)

本人ですら気づかないうちに、前の涼から今の自分へと、功一郎の愛情がごく自然に移ってくれるのが一番理想的なのだが……。

(きっと、なんとかなるんじゃないかな)

前の涼だって、ただの従兄弟同士の段階からスタートして、恋人としての場所を手に入れたのだ。

同じことが今の自分にだってきっと可能なはずだった。

今の自分が、前の涼に劣っているとは思いたくない。

おっとり優しい天女さまにはなれなくても、自分らしいやり方で功一郎の心をこっちに向けさせてみせる。

(負けるもんか)

決意も新たに、涼は功一郎のパジャマに甘えたように頬をすり寄せた。

「功さん、ひとつお願いがあるんだけど」

「なんだ?」

「それ、ちょっと味見させて」

指差したのはテーブルの上のウイスキーが入ったグラスだ。

猫を被るのを止めた涼は、さっそく自分らしく振る舞ってみることにしたのだ。

が、この自分らしさは功一郎には不評で、「駄目だ」と即座に却下された。

「おまえは、なんでそう酒を飲みたがるんだ?」

「本当はいけないんだろうけど、子供の頃から父さんが飲んでるのをちょっとずつ飲ませてもらってて、お酒が美味しいって知ってるからだよ」

前の俺は飲みたがらなかった? と聞いてみたが、それはないと、功一郎は答えた。

(ふ～ん。前の俺、功さんの前ではいい子ぶってたのかな?)

前の涼も、お酒の味を知っていたはずだ。

それなのに、なにも言わずにいたってことは、ついさっきまで今の自分がしていたように、功一郎の前で猫を被ってたんだろうか?

でももう涼は、猫を被るのは止めたのだ。

「一口だけでいいからさ」

グラスに手を伸ばしたら、摑む前に功一郎に手首を摑まれて止められた。

「駄目。……ったく、息子に変な癖つけて、叔父《おじ》さんも困ったもんだ」

「父さんは、俺に甘かったからね」

父は、涼と母をそれはもう大切にしてくれた。

溺愛されていたと言っても過言じゃない。

「その分、危ない真似をすると、問答無用で怒られておっかなかったけど……。ボートでうっかり湖に落ちたときなんて酷かったよな。一緒にいた功さんまで頭ごなしに怒鳴られてたしさ」

「ああ、あれは確かに怖かったな」

小学生の頃に避暑に訪れた湖畔の街、ボート遊びで湖に落ちたのは、少し落ち着けと功一郎に止められてもはしゃぐのを止めなかった涼自身のせいだった。

すぐに功一郎に助けられ、泣きじゃくりながら岸辺に戻ったところで、功一郎と共に父親から頭ごなしに叱《しか》られて、涼はまた泣きじゃくった。

自分のせいで功一郎まで叱られてしまったと……。

懐かしい思い出で少し滲《にじ》んだ涙を、涼は功一郎のパジャマにこすりつけた。

「涼？」

「なに」

「そろそろ、叔父さんの墓参りに行こうか」

「え？」

一瞬、言われた意味がわからず、功一郎を見上げてきょとんとしてしまった。

「あ、父さんのか……。うん」

が、すぐに気づいて、慌てて頷く。

「あの、父さんの位牌って、今どこにあるんだろ？」

「美沙叔母さんの手元だ」

「そっか……。母さんが持ってるのか」

恥ずかしい話だが、記憶が戻ってから今まで、一度も父の墓や位牌のことに思いが至らなかった。

記憶を失った自分のことだけでいっぱいいっぱいだったと言えば聞こえはいいが、実際は功一郎との関係をなんとか揺るぎないものにしたいと、自分の恋愛のことばかり考えていたわけだから、これはかなりの親不孝だろう。

「ちゃんと元気にやってるって、報告しないと……。あと、うっかりして墓参りするの忘れててごめんなさいって謝らなきゃ」

母の再婚を早いと怒っておきながら、父の命日が過ぎたことすら今まで忘れていたのだから酷い話だ。

涼がそれを口にすると、功一郎は「気にするな」と慰めてくれた。

「俺もあえて、叔父さんの墓参りのことはおまえに言わずにいたからな」

以前の涼は、金絡みのトラブルで父の死をゆっくり悲しむこともできなかった。

こうして記憶が戻ってからは、三年もの記憶が抜けているという現実に混乱している。

だからこそ、ごく自然に父のことを考えられる余裕が出るまで、そっとしておくつもりだったのだと功一郎が言う。

「少しぐらい挨拶が遅れても叔父さんは気にしないだろう。俺達と叔父さんとでは、もう時間の流れ方が違うしな」

「……そうだね」

(時間の流れ方か……)

功一郎は、生者と死者とでは違うという意味で言ったのだろうが、涼にはなんだか別の意味に聞こえてしまった。

(俺の時間の流れ方も、みんなとは違う)

普通に高校へ登校したつもりが、気づいたら三年も経ってしまっていたのだから……。

(眠ってた……って感じでもないよな)

その間の記憶が一切ないせいで、本当に一瞬で三年の月日を飛び越えてしまった感覚だ。

もしもこんな風に記憶が戻ることがなかったら、きっと自分がどうなったかもわからないままだったに違いない。

(前の俺も、今、そんな感じなのかな)

恋人の側で安心して眠りに落ちたまま、時間が完全に止まっている状態。

気づかぬうちに、自分ひとりだけが完全に世界から切り離されて……。

想像したら、ぞくっと背筋が寒くなって、涼は身震いした。

一瞬、可哀想だなと思ったが、自分の体験から考えると、それも変だと気づく。

なにしろ、本人はそんな自分の状態に気づいていないのだから……。

それに可哀想だと同情しても、なにもできやしないのだ。

前の涼が戻ったら、今度は今の自分の時間が止まることになる可能性だってある。

「湯冷めしたか?」

抱き締めた腕の中で涼がぶるっと小さく震えたのに気づいた功一郎が、心配そうに聞いてくる。

涼は「平気」と呟いて、功一郎の身体にぎゅっとしがみついた。

(そうだよ。俺の時間だって、いつまた止まるかわからないんだ)

止まるかもしれないし、止まらないかもしれない。

それは誰にもわからないことだ。

前の涼だって、まさかこんな風に急に人格が入れ替わることがあるだなんて、想像したこともなかったはずだから……。

(明日が来ない可能性だってゼロじゃないんだ)

でも、それは多かれ少なかれ誰もが同じなんじゃないだろうか。

不慮の事故で意識を失い、自分がどうなったかもわからないまま逝ってしまった父のように……。

功一郎の胸にしがみついてじっとしているうちに、徐々に落ち着いてきた。

ふと、頭の上でカランと氷が揺れる音がする。

「……美味しそう」

思わず条件反射的に、涼はグラスを見上げて恨めしげに言った。

「駄目だ。やらないぞ」

「お酒ってさ、見た目からして綺麗で美味しそうだよな」

涼の父もそうだったが、功一郎も酒を飲む際、使用するグラスや氷に拘《こだわ》る質《たち》だ。

薄手のショットグラスに満たされた琥珀色《こはくいろ》のとろりとしたウイスキー、そこには大きくて透明な氷がひとつ浮いていて、部屋の灯りをキラキラと反射している。

「なんかこう、特別な飲み物って感じがしない？」

「そうか？」

「そうだよ。すっごく小さかった頃は、父さんだけが美味しいものを飲んでるってよく拗《す》ねてたしさ」

僕にも飲ませてと我が儘を言うたび、駄目だよとピンとおでこを指先で弾《はじ》かれた。

「実際飲んでみたら、想像してた味と全然違っててびっくりしたけど……」

甘いジュースみたいなものを想像していたのだと言ったら、功一郎は小さく笑った。

「ありがちだな。俺も子供の頃にはじめてビールを飲んだときは、こんな苦いものをなんで大人は喜んで飲むのかと不思議だった」

三つ子の魂百までで、今でもビールは苦手で、つき合い程度に一杯飲むだけなのだとか。

「おまえは想像してたのと違って嫌いにならなかったのか？」

「まあね。俺、子供の頃から珈琲《コーヒー》もブラックで飲んでたし……。功さんより味覚が大人だったのかもよ？」

涼がちょっと威張ってみせると、俺は子供だったのかと功一郎が軽く眉をひそめる。

「美味しいってわかってるものを、目の前でお預けされるのって辛いんだけどなぁ」

「……駄目だぞ」

「一口だけ、一口だけでいいからさ」

功一郎のパジャマの胸をぎゅっと摑み、涼は首を伸ばして「いい香り」とグラスの中の香りをくんくんと嗅《か》いだ。

「犬みたいだな。──しょうがないか」

「え、飲ませてくれんの？」

嬉々として涼が見上げる中、カランと氷を揺らして、功一郎の口元でグラスが大きく傾く。みるみるうちにグラスの中身が減っていく。

「あ、あ……ああ、全部飲んじゃった」

涼はしょんぼりして、それを眺めていた。

「香りだけやるから我慢しろ」

「え？」

功一郎はグラスをテーブルに置くと、その手で涼の頭を摑んでぐいっと引き寄せ、そのまま深く口づけた。

深く合わさった唇から、ふわっとウイスキーのいい香りがする。

遠慮なく絡んでくる舌からは、微《かす》かにウイスキーの味がした。

「……んん」

もっと……と涼は自ら進んで舌を動かし、口づけを深くしていく。

だが、ウイスキーの残り香を夢中になって味わったのは、最初のうちだけ。

すぐにキスそのものに夢中になって、功一郎の首にぎゅうっとしがみつく。

（……気持ちいい）

はじめてキスをしたとき、いきなり深いキスをされて面食らったけど、すっかり慣れた今では当たり前のように、すんなり受け入れて応えることもできる。

それに、こんな風に深いキスをしかけてくる夜は、この後で恋人として愛してもらえるってことも経験上知っているから、余計にキスが甘く感じる。

「功さん、もっと……」

涼はウイスキーよりもっと刺激の強いキスに酔って、とろんとしてきた瞼《まぶた》を閉じた。

6

「涼くん、なんか今日やったら上機嫌じゃねぇ？」

「あ、わっかる〜？」

勉強を見てくれていた森村に聞かれて、涼は満面の笑みで答えた。

「実は今日、俺の誕生日なんだ」

「お？　なんだよ。そういうことは早く言えよ。その手のイベントはみんなでパーッと騒がないとな」

吉田《よしだ》達も呼ぶかと、森村が携帯を取り出すのを見て、涼は慌てて止めた。

「だめだめ！　今日は功さんとふたりだけで食事に行くんだからさ」

「津守《つもり》さんと？　従兄弟好きなのは、今も前も一緒だな」

「まあね」

当然だと涼は威張る。

「涼くんの中身的には、今日の誕生日で十七歳ってことになるのか。……俺らの年で三年の差はやっぱり大きいなぁ」

高校二年なんだから、本来なら、そろそろ大学受験を視野に入れて勉強しなきゃな時期だよなぁと、森村がしみじみと言う。

「大学のほうはどうするんだ？」

「ん～、たぶんだけど、受験し直すことになりそう」

少し前までは、前の涼が敷いていたレールにそのまま乗ったほうが功一郎に違和感を与えずにすむと考えていたのだが、猫を被るのを止めた今ではちょっと考えが変わった。

今の涼は経済になんて興味がないのだから、前の涼と同じ道に進んでも意味がない。

だから大学に戻るとしても転部することになるだろう。転部するにしても、今まで受講してきた一般科目の記憶がすべてないのだから、途中からではやはり厳しい。

なんだかんだいって、一からやり直したほうが手っ取り早いような気がするのだ。

「それなら、いっそのこと高校からやり直したら？」

「それは嫌だよ。外見は二十歳なのに、また高校生に戻るなんて……」

「ひとりだけ浮いちゃうか。……なんにせよ、二回も受験するなんて面倒だよなぁ」

「別に。……一回目のはまるっと覚えてないんだから、みんなと一緒だよ」

それもそうかと森本が笑うのを、涼は少し複雑な気分で眺めていた。


涼の誕生日のこの日は土曜日だった。

年末に向けて忙しい功一郎は休日出勤して行ったが、コンサートの時間に合わせて会場前で待ち合わせすることになっている。

（そろそろ出かけないと間に合わないんだけど……）

夕方近く、森本が帰った後で出かける準備を終えた涼は、功一郎の寝室の前でひとりうろうろしていた。

クローゼットの奥に、まだあの紙袋があるのかどうかが気になってしかたないのだ。

もしなかったら出かけた先で貰えるのだろうし、まだあったのなら、家に帰ってきた後、ふたりきりになってからってことになる。

（どっちかな？）

どっちのほうが嬉しいだろう？

あのジュエリーケースを手渡される瞬間を思うと、浮き浮きが止まらない。

悩んでいると、いきなりポケットの中で携帯が震えてメールの着信を告げた。

取り出して見ると、功一郎からのメールだった。

『そろそろ出発する。そちらに変更は？』

たくさん会話するようになっても、携帯の文面は簡潔でどちらかというと素っ気ない感じなのがなんだかおかしい。

『ないよ。今から出発します』

同じくちょっと素っ気ない感じのメールを返してから、携帯をポケットに戻す。

(よし、確認しないでこのまま行こう)

とりあえず、クローゼットの中を確かめずにいたほうが二倍嬉しそうなので、好奇心をこらえてそのまま家を出た。

「うっわあ〜、寒」

十一月末だけあって、吹く風はもう冷たい。

涼はマフラーで口元を覆って、寒さをしのいだ。

今日の格好は、考え抜いた末に、前の涼の服を選んで着ている。

クラシック系のカルテットのコンサートを見た後に、レストランでディナーとしゃれ込むのだから、TPO的にこっちのほうが向いていると感じたからだ。

真似をしようなどと変に意識するのを止めると、前の涼の服もそれなりに悪くないと思えるから不思議なものだ。

今も前もないと功一郎は言ってくれている。

とりあえず今は、その言葉を信じるだけ。

一緒にいる時間が、前の涼が功一郎とすごした三年の月日を超える頃には、きっと功一郎の心も今の自分のほうをより多く好きになってくれているはず。

涼は、そんな未来が訪れることを信じることにしたのだ。

（きっと俺、余計な気を回しすぎてたんだ）

父を失ってからの一年間、欲に駆られた大人達に騙《だま》されないようにと、用心から先回りして考える癖がついてしまっていた。

そんな風にハリネズミ状態で疑心暗鬼になって苦労していた日々の癖が、まだ抜けきれていなかったに違いない。

でも、それももう大丈夫。

功一郎がいれば怖いことはもう起きない。

だから、ハリネズミのように不信感から全身を棘だらけにしたりせず、子供の頃のように安心してただ功一郎に甘えていればいい。

電車で最寄り駅まで行き、コンサートホールへ向かうと、功一郎は先に着いていた。

涼を見つけた功一郎は、軽く手を上げて自分がここにいると知らせてくれたが、そんなことをしなくても長身だから涼にはすぐに功一郎がわかる。

浮かれた気分のまま、小走りで駆け寄って行った涼は、功一郎が手ぶらなことに気づいた。

（……コートのポケットも膨らんでないな。ってことは、家に帰ってからか。うん、それもいいかも）

人前で人目を気にしつつプレゼントを貰うより、ふたりきりのときに貰ったほうがいいかもしれない。

嬉しい気持ちのまま抱きついて、遠慮なくキスすることだってできるし……。

「ご機嫌だな」

にっこにこして駆け寄って来た涼を見て、功一郎が目を細める。

「まあね。いっぱい待った？」

「いや、さっき来たところだ。——チケット、忘れずに持ってきたか？」

「任せてよ」

ぽんぽんとコートのポケットを叩きつつ、涼は功一郎と肩を並べてコンサートホールの中に入って行った。


コンサートは、予想通りに眠気との戦いだった。

（やっぱ、全然面白くない）

最初の一、二曲は、目の前の生演奏が目新しい感じでちょっとだけ楽しかったが、残念ながらすぐに飽きてしまった。

そもそも元となるクラシックやジャズの定番をろくに知らないので、聴いていても特に興味を惹かれることもない。

歌手がいないコンサートは、涼的にはカラオケの音をただ聴かされているような感じで、退屈だった。

ちらりと横を見ると、功一郎は舞台を眺めながら軽く切れ長の目を細めている。

眠気をこらえているという風ではなく、単純に聴きほれているといった感じだ。

（曲聴いてるより、功さんの顔を見てたほうがよっぽど楽しいや）

というわけで、その後は、眠気覚ましを兼ねて、涼はこっそりと功一郎の表情を窺《うかが》ってばかりいた。

きっと前の涼だったら、功一郎と同じように真面目にコンサートを聴くこともできていたんだろう。

そして、コンサートの後に感想を話し合ったりもしたはずだ。

とりあえず食事のときは、聴いていなかったことがばれないよう、コンサートの話題に極力触れないようにしなきゃならないだろう。

（俺には無理だな）

なんとか最後まで眠らずにコンサートは終了した。

その後は、涼がリクエストしたフレンチレストランへ。

「うん、これこれ」

子供の頃からの好物である平目のカルパッチョに大喜びしつつ、約束通り、ワインを飲ませてもらう。

「うん、これも美味しい。功さんとはワインの趣味が合いそう」

「趣味って……。おまえ、ワインの味がちゃんとわかってるのか？」

「まあね。この手のワインは数飲まないとわかるようにならないからって、父さんにちょくちょく味見させてもらってたし」

「叔父さんは涼に甘過ぎる」

「功さんも、だろ？」

軽く片眉を上げて微笑みかけると、そうだなと功一郎が苦笑する。

「じゃ、次は赤ワイン頼もうか」

調子にのって要求したら、功一郎に眉をひそめられた。

が、最終的には涼の勝利。

誕生日だから特別にってことで、押し切ってやった。


ゆっくりと食事を終え、酔い醒《ざ》ましに少し散歩しようと外に出たら、生憎《あいにく》と外はもの凄《すご》い強風になっていた。

「散歩はまた今度にしよう。風邪を引くといけないから、家に帰るぞ」

平気だって、と言いかけた涼だったが、ふと気になって聞いてみる。

「俺、今もまだ気管支弱いまま？」

「いや、ここ一、二年は風邪を引いてないし、喘息《ぜんそく》も出てない」

「じゃあ平気じゃないか。——あっちの通り、クリスマスのイルミネーションが綺麗だって店の人も言ってたし、せっかくだから見て行こうよ」

ほらほら、と腕を摑んで明るいほうへ引っ張ると、功一郎は渋々の体で歩き出した。

「風邪を引かなくなったのは、この三年でちゃんと自己管理ができるようになってたからだ。おまえはまだ自己管理ができないくせに……。ほら、せめてちゃんとマフラーを巻け」

お洒落《しゃれ》に見えるようわざと緩く巻いていたマフラーを無理矢理ぐるぐると二重に巻かれて、「功さん、過保護すぎ」と涼は苦笑する。

「辛い目に遭った分だけ過保護にしてやりたいんだ。あの頃からもう三年経ったが、おまえの中ではまだ少ししか経ってないんだからな」

ぽんっと軽く背中を叩かれて、とくんと鼓動が高まる。

(功さん、本当に『あの頃の俺』を心配してくれてたんだ)

父の死の後、涼は不信感をむき出しにして周囲を拒絶し続け、差し伸べられた功一郎の手を何度も拒絶した。

そんな自分の姿を、功一郎がどんな気持ちで見守っていてくれたのかと想像すると、きゅうっと胸が締めつけられるみたいに苦しくなる。

辛かったあの一年の間、功一郎もまた辛い思いをしてくれていたんだろう。

何度拒絶されても見捨てずに、手を差し伸べ続けてくれていたその強さと優しさが嬉しい。

（俺、もっと幸せにならなきゃ）

心の傷を癒し、守ってくれようとする功一郎の愛情に報いるためにも。

三年ぶりに、奇跡的にこの手に取り戻した人生をもっと楽しんで、もっと充実したものにしたいと思う。

そうすることが、きっとなによりの恩返しになるはずだから……。

「功さん」

呼びかけると、功一郎は「ん？」と軽く首を傾《かし》げるようにして涼を見る。

「ありがと」

見上げた先にある顔が穏やかに微笑むのを、涼は温かな気持ちで見つめた。


それなりに遅い時間帯だったので、クリスマスイルミネーションがきらめく通りには親子連れなどは見当たらず、寄り添う恋人達ばかりがいた。

少し気恥ずかしい気持ちになりながらも、功一郎のコートの腕に自分の腕をくっつけて、見上げる先にある眩《まばゆ》い明るさにはしゃぎながら通りを歩く。

が、クリスマスのイルミネーションが綺麗な通りを抜けたところで、余韻を楽しむ間もなく、功一郎から問答無用でタクシーに突っ込まれた。

「もういいだろう。冷えてないか？」

「大丈夫だって」

タクシーの中、涼は隣りに座る功一郎の手に、ぴたっと自分の手を重ねてみる。

心が温かいせいか、指先までぽかぽかなのだ。

「なるほど、温かいな」

「でしょ?」

「手が温かいってことは、もう眠いのか?」

「え?」

最初言われた意味がわからずきょとんとしてしまった。

が、眠くなった子供の手足が温かくなることを指して言っているのだとすぐに気づき、むっとして思わず功一郎を見上げる。

「子供扱いかよ?」

「いや、つい昔のことを思い出して……」

悪いと、苦笑する功一郎の顔に反省の色はない。

(面白がってるんだ)

功一郎にしては珍しく、どうやら涼をからかっているつもりらしい。

(功さんも、ちょっと浮かれてるのかな?)

けっこうワインを飲んだし、それに家に帰ってからは、まだ大事なイベントが残っている。

それを思うと、涼の気分も浮かれまくった。

「誕生日だし、特別に許してやるよ」

涼はふふんと威張って笑った。

(家に帰ったら、やっとあの指輪が貰える)

あの綺麗なリボンをすうっと解いて、ジュエリーケースの蓋《ふた》を開ける瞬間を想像すると、自然に顔がほころんでしまう。

(貰ったら、まず最初に指輪を指に嵌《は》めないと)

でないと、嬉しさのあまりジュエリーケースごと放り出して、嬉しい、ありがとうと功一郎に抱きついてしまいそうだから……。

楽しい想像をしているうちに、タクシーは津守家に到着した。

「家に帰ってくるとなんかほっとする」

「そう思ってもらえるのが一番嬉しいな」

タクシーを降りて伸びをする涼を、功一郎は目を細めて眺める。

「早く家に入ろ。——珈琲淹《い》れる？　それとも、もうちょっとワイン飲む？」

ワインならいくらでもつき合うけど？　とはしゃいで門扉を開けようとしたところで、

「涼」と功一郎に呼び止められた。

「なに？」

「家に入る前に、ちょっとこっちに来てくれ」

こいこいと招かれるままについて行った先は、津守家のガレージだった。

功一郎が電動のシャッターを開けると、功一郎の愛車のエンブレムがキラッと外灯を反射して輝いた。

「え、なに？　まさか今からドライブに行くつもり？　功さん、飲酒運転はまずいって」

そもそも、涼が記憶喪失になった原因は飲酒運転による交通事故だったのだ。

それだけはなにがあっても許し難いし、危険すぎる。

思わず涼が車の前で通せんぼすると、功一郎が苦笑しながらガレージの灯りをつけた。

「そうじゃない。おまえに見せたいものがあったんだよ」

「見せたいもの？」

「そう、あれだ」

功一郎が涼の肩越しに指差した先を、涼は振り向きながら見た。

「あ……自転車。あれって、もしかして俺が前に乗ってたロードバイク……じゃないか」

高校の通学に使っていた自転車と似ていたが、よく見ると微妙にペイントや輪郭が違う。

それに、三年も経った今、前の自転車がそのまま残っているはずがない。

「同じのはもう生産されてなかったんだ。だから、あれはおまえが乗っていたのの後継モデルだ」

安全運転で乗るんだぞと、功一郎が生真面目な顔で言う。

「功さん、新しいの買ってくれたんだ」

「ああ。真由美さんから、涼が自転車を欲しがってるって聞いたんでな。――誕生日プレゼントだ」

「……え？　誕生日プレゼントって……でも――」

（――あの指輪は？）

この後、まだサプライズがあるのかもしれない。

そう考えると、なかなか聞き辛いものがある。

口ごもる涼を見た功一郎は、少し不安げな顔を見せた。

「この手のじゃなく、普通の自転車のほうがよかったか？」

「あ、ううん。そんなことないよ。すっごく嬉しい……んだけど、誕生日プレゼントって、その……これだけ？」

「そうだが……。こういう自転車には、なにかセットで必要なものがあるのか？」

涼の問いかけに、功一郎は怪訝《けげん》そうに首を傾げた。

「メンテナンス用品とかが必要なら、明日一緒に見に行くか？」

「……あ、うん。そうだ……ね」

（そっか……。本当に、自転車だけなんだ）

その瞬間、浮かれていた涼の気持ちは、一気に地に落ちた。

(あの指輪、俺にはくれないのか)

あの指輪をねだったのは、あくまでも前の涼だ。

だから、今の自分には渡せないってことなんだろうか？

(今も前もないって言った癖に……)

あれは、今の自分を宥《なだ》めるための嘘だったのか。

この人があのお揃いの指輪を贈りたい相手は、前の涼であって、今の自分じゃない。

(俺じゃ、功さんの本当の恋人にはなれないんだ)

所詮《しょせん》自分は、功一郎の恋人であった前の涼と、同じ身体を共有してるだけ。

最初に身代わりでもいいからと迫ったのは自分のほうなんだから、今になってそれじゃ嫌だと言うのは卑怯かもしれない。

でも、嫌だ。

三年後に、前の涼みたいに愛されるようになればいいなんて思ってたけど、それだってけっきょくは今を穏やかに暮らすための誤魔化しでしかない。

今、功一郎に一番に愛されたい。

涼は、子供の頃から大好きだった功一郎の唯一無二の恋人になりたかったのだ。

「……涼？」

功一郎は、いきなり黙り込み、俯《うつむ》いてしまった涼の頭に心配そうにぽんっと手を乗せる。

その途端、ぼたぼたっと涼の目から大粒の涙が零《こぼ》れた。

（……涙なんて、父さんの葬式以来だ）

滲む視界の中、ぼたぼたと零れ落ちた涙でコンクリートの床の色が変わる。

それを見ているうちに、涼は妙に冷めた気持ちになっていった。

父が死んだ朝も、こんな風に大粒の涙を流してたくさん泣いた。

涙をぬぐったシャツの袖がグシャグシャに濡《ぬ》れたほどに……。

（でも、なにも変わらなかった）

あの日、どんなに泣いても、父は生き返ってはこなかった。

甘やかされていた子供の頃は、泣けば誰かが望みをかなえてくれていたけど、あの日はどんなに泣いても誰も父を生き返らせてくれなかった。

今だって、きっと同じこと。

たくさん泣いて我が儘を言えば、功一郎は優しくしてくれるかもしれない。

でも、本当の望みはかなわない。

人の心は、他人に強要されて変わるものではないのだから……。

「急にどうしたんだ？」

床を濡らす雫《しずく》の正体が涼の涙だと悟った功一郎は、慌てたように涼を抱き寄せようとした。

が、涼はその手を強く振り払った。

「——俺、出てく」

功一郎を振り払ったその手で、涙も、ぐいっとぬぐい去る。

「出てくって、どこへ？」

「沙織伯母さん家。この間来たとき、部屋余ってるって言われたし……」

もう、あの家の中に入る気はしなかった。

あそこは、功一郎と前の涼のための場所であって、今の自分がいていい場所じゃない。

(俺が目を覚まさなければ、前の俺も功さんも、幸せなままでいられたんだ)

そして、この二十歳の誕生日を、ふたり幸せなままで迎えられた。

あの指輪も、収まるべき人の指に収まることができていたはずだったのだ。

けっきょく自分は、幸せな恋人達の邪魔者でしかない。

記憶が戻ったのは不可抗力みたいなものだから、自分が悪役だとは思わない。

涼は、自分自身が幸せになるために努力してきただけで、望んで恋人達の邪魔者になりさがったわけじゃない。

(功さんは、ここにいてもいいって言ってくれたけど)

それでも、もうここにいたくはないし、いられない。

これ以上惨めな気持ちになるのは耐えられそうにないから。

とりあえずサイフはコートのポケットに入っているから、このまま大通りに出てタクシーを捕まえてしまおう。

荷物を取りにくるときは、ギャーギャー口うるさい沙織伯母さんに一緒に来てもらえば、きっと気が紛れるに違いない。

「荷物は、後で取りにくるからさ」

じゃあね、と俯いたまま、功一郎の脇をすり抜け道路に出る。

「ちょっと待て、なにを言ってるんだ？」

腕を摑まれた涼は、功一郎を見上げた。

「これ以上、功さんに甘えちゃいけないんだってわかっただけ。――今まで、我が儘言ってごめん。もう無理してまで俺の相手はしなくていいよ」

功一郎は優しいから、自分から手を離すことはできないだろう。

(俺がはじめたんだから、俺が断ち切らなきゃ)

優しさに甘えて、ずるずると前の涼への愛を盗み続けてきたけど、これ以上は許されない。

この間違った関係に終止符を打つべき時がきたのだ。

「今まで、ほんとにごめんね」

じゃあね、ともう一度言って、摑まれた腕をふりほどこうとした。

が、功一郎の手がどうしても離れない。

「功さん、離してよ」

「駄目だ。行かせない」

「――え？」

不意に、功一郎の腕が腰にかかり、ひょいっと小脇に抱え上げられた。

足が浮いた瞬間はびっくりしたが、子供の頃、もっとここにいたいと遊びに行った先で泣いて我が儘を言うたびに、問答無用で功一郎に抱え上げられて持ち運ばれたことを思い出して、こんな状況だというのについ懐かしさに口元が緩む。

（けっきょく、俺は従兄弟のままなんだな）

記憶を取り戻して目覚めたあの朝、功一郎は酷く辛そうに、涼のことをぎゅうっと抱きすくめてくれた。

あれは、恋人だった前の涼を失った哀しみを堪《こら》えての行動だったんだろう。

（俺、馬鹿だ。呑気《のんき》に鼓動なんか数えちゃってたよ）

大事な恋人を消し去った邪魔者だと煙たがられることなく、すんなり大事にしてもらえただけでもありがたいと思わなきゃならないのかもしれない。

本当の恋人になりたいだなんて、欲を抱いてしまったのが間違いだったのだ。

功一郎に持ち運ばれながら、涼はまたぼたぼたと涙を流していた。

「なぜ謝る？　どうして急に出て行くなんて言うんだ？」

リビングのソファに座らされて、頬を濡らす涙を、隣に座った功一郎の手の平でぬぐわれながら改めて聞かれた。

「俺じゃ、功さんの本当の恋人にはなれないってわかったからだよ。……ただの従兄弟なんだから、これ以上甘えられない。一緒にいても苦しくなるばっかりだし……」

（それに、功さんを苦しめちゃいそうだし……）

今までは、今も前もないという功一郎の言葉を信じようと頑張っていたけど、それももうできなくなった。

これからは、功一郎の優しい言葉や仕草のすべてに前の涼の影を感じて、所詮自分は紛い物で邪魔者でしかないのだと思い知らされるようになる。

そんな気持ちを表に出さずにすめばいいのだが、生憎と涼は素直な質だからどうしたって隠しようがない。

優しさを素直に受け取れず、悩み落ち込む涼を見れば、きっと功一郎は傷つくだろう。

まるで、ハリネズミのように全身棘だらけにして、差し出された功一郎の手を摑むことができなくなっていたあの頃に戻ってしまったようだと……。

その責任を感じて功一郎が苦しめば、涼だって辛い。

お互いに苦しいことになる前に、物理的な距離を置いたほうがいいのだ。たまに会う程度なら、きっと何気ない振りで純粋に従兄弟として接することもできるだろうから……。

(ほんとに悪いことしちゃったな)

失ってしまった恋人の、似て非なる相似形がいつも目の前をウロチョロするだなんて、功一郎にとっては目の毒でしかない。

きっと心穏やかじゃない日々だったはずだ。

(いっそ、他人から恋人になってたんなら、まだマシだったのかな)

最初から仲のいい従兄弟としての情も責任もあるから、おまえは俺の涼じゃないと突き放すこともできない。

不安定な涼を放っておけず、その体当たりの我が儘を受け入れながら、元は同じ人間だし、いつかは同じように愛せるようになると思い込もうとしてくれていたのかもしれない。

それでも、さすがにあの特別な指輪だけは、本物の恋人以外の指にはどうしても嵌められなかったのだ。

(……そういうの、功さんらしい)

不器用な優しさを持った、誠実で誰より信頼できる従兄弟。

もしも功一郎が、本物の恋人ではないと感じていながら、この指にあの指輪を嵌めてくれたりしたら、後になって失望することになっていたかもしれない。

(これ以上、功さんの優しさに甘えたら駄目だ)

だらだらと、こんな中途半端な関係を続けていてもお互いに苦しいだけ。

だからこそ、ちゃんとここで終わらせないといけない。

涼は、そう心に決めた。

自分ひとりの思いに沈み込み、ふうっと静かに溜め息をつく涼を、功一郎はただ困った顔で見つめていた。

「涼、おまえがなにを言ってるか、俺には意味がわからない」

「わからないなんて、そんなの嘘だよ。……功さんだって、俺が前の俺とは違う人格だってこと、ちゃんとわかってるんだろ？　俺は、前の涼と違ってクラシックなんか好きじゃないし、こんな堅っ苦しい服も苦手なんだ。アイドルが集団で歌ってるようなノリのいい曲が大好きだし、ダウンジャケットやジーンズみたいな気楽な服も好きなんだよ。読む小説は映画化やテレビ化された流行りものばかりだったし、漫画だって読むし、歴史小説なんか読んだこともないよ。経済にだってまったく興味ないしさ。今日のコンサートだって、本当は途中で飽きて退屈してたんだ。功さんと一緒じゃなきゃ、きっと途中で席を立ってたよ」

「そう……なのか」

一気に色々言われて、混乱しているんだろう。

功一郎は軽く眉をひそめた。

「それならそうと、はっきり言ってくれればよかったのに……」

「言えるわけないだろ！」

功一郎の呑気な言葉に、涼は思わずカッとする。

「功さんの恋人だった前の涼と今の自分が全然違うってことがばれたら、功さんに恋人として見てもらえなくなるかもしれないじゃないか」

怖かったんだよ！　と涼は功一郎を睨みつけた。

「偽物でも功さんと一緒にいられるんなら、それでいいやって思ったりもしたけど……。でも、もう無理だ。俺は、功さんの恋人だった前の涼じゃないんだから……。——こんなの辛すぎるよ！」

趣味や雰囲気がこんなに違っていなかったら、こんなことで悩んだりはしなかっただろう。前の涼がちゃんと今の自分にも理解できるような性格だったら、こんな風に成長したのかとすんなり納得して、いずれは自分もそうなるのかとくすぐったく思えたはずだ。

功一郎の愛情をすんなり受け取ることができる存在に自分もいずれはなれるはずだと、未来に希望を抱くことだってできていた。

でも、おっとり優しい天女さまだったという前の涼は、今の自分から見てあまりにも遠すぎて、未来に希望を託すこともできやしない。

友人である森村達のほうが、むしろ今の自分に近いとすら感じるぐらいだ。

「功さんに笑いかけられるたびに、いちいち前の自分に嫉妬してたんじゃや、あんまり惨めすぎるんだよ」

一度止まった涙がまたじわっと滲んできて頬を濡らす。

功一郎は、酷く困った顔をしながらも、慰めるかのように、そうっと涼を胸に抱き寄せてくれた。

(……温かい)

帰ってきたばかりで暖房がまだ効ききっていないせいもあって、功一郎の腕の中はとても温かかった。

このまま、この腕に甘えてしまいたい誘惑に駆られたが、涼はそれじゃ駄目だと自分に言いきかせる。

これが恋人に対する抱擁なのか、それとも従兄弟に対する抱擁なのかと、いちいち考えてしまうのをどうしても止められないからだ。

功一郎の優しさからの行為に対して、条件反射的にハリネズミ化して疑心暗鬼になり、ひとりで失望する自分の身勝手さがたまらなく嫌だし、惨めだ。

「……ごめんね、功さん」

優しさを素直に受け取ることができなくて……。

なにも考えず、ただ無邪気に甘えていられた子供時代がむしょうに懐かしい。

涼は、功一郎のコートに濡れた頰をすり寄せる。

「涼、やっぱり俺には、おまえがなにを言ってるかわからない」

功一郎は、そんな涼の髪を撫でながら、困惑したような声で言った。

「今も前もない、涼は涼だろう？　なくした記憶の分、性格や趣味が変わるのはしかたのないことだ。なくした記憶の中の自分に、なぜそんなに拘るんだ？」

「拘るに決まってるだろ。全然違うんだから」

涼は功一郎の胸から顔を上げて、功一郎を見上げた。

その先にある顔は、やっぱり困惑したままで、こっちの言っていることがわかっていないと言わんばかりだ。

その呑気な顔に、なんでこの期に及んでとぼけるんだろうと怒りがこみ上げてくる。

「今も前も違わないって言うんなら、俺にあの指輪をくれよ！」

我慢できず、涼は思わず怒鳴ってしまっていた。

「前の涼にねだられて、お揃いの指輪を買ったんだろ？　俺、功さんがあれを買ったの見かけて知ってたんだ。今も寝室のクローゼットに隠してあるよな？　――あれ、俺にくれよ！」

「それは……」

「ほらな！　俺には渡せないんだ。それって、功さんの恋人が前の涼だからだろ？　だから、ただの従兄弟でしかない今の俺には渡せないんだ！」

言い淀む功一郎の胸を、涼はどんと叩いた。

そのまま立ち上がろうとしたところを、ぎゅっと抱きすくめられて止められる。

「涼、そうじゃない。違うんだ」

「違わないよ！」

「違う！」

逃れようと腕の中で暴れる涼を、功一郎は力尽くで押さえ込む。

「聞け！　確かに、あの指輪は以前の涼から二十歳の誕生日に欲しいと言われて買ったものだ。恋人としてつき合うようになって一年目の記念にもなるからって言われてな。……だが、今のおまえに、あの指輪は重すぎやしないか？」

「……え？」

「今のおまえはまだ十七歳だ。俺が弱いせいで、ずるずるとこんな関係になってしまったが、本当ならもっと準備期間を置くべきだったんだ」

「準備期間って、なんだよ？」

「外の世界に、俺以外にもっと愛せる者がいるかもしれないだろう？」

記憶を失って不安なせいで、身近な存在に頼りたいと思う気持ちが高じて、依存心を恋愛と勘違いしているのかもしれない。

今の自分に自信を持てるようになって、ひとりでも生きていけるようになったら、この関係を後悔するようになるかもしれない。

それが不安なのだと、功一郎が言う。

「指輪みたいなもので、おまえを縛りつけたくなかったんだ」

「そんなの関係ないよ。俺は前から功さんが好きだったんだって言ってるだろ！」

「確かに言われたが……。以前のおまえは、そういうことは言わなかったしな」

「前の涼が言ってることなんか知るもんか！　そいつは、俺とは全然違うんだからさ！」

「いや、同じだ」

「違うんだってば！」

「同じだよ。持っている記憶が違うせいで少しばかり性格に違いが出ても、根っこのところは同じだろう？　以前の自分に嫉妬するところなんか、そっくりだ」

「――嫉妬？」

思わぬ言葉に、涼は暴れるのを止めた。

「……前の涼が、俺に？」

「ああ。以前のおまえは一年間の記憶をなくしていただろう？　その一年間を生きていた自分自身によく嫉妬していたよ。以前の自分のほうが功さんに大事に想われてるみたいで悔しいって……。辛い状態のままで消えてしまったおまえのことを、俺がずっと気にしていたせいかもしれないが……」

事故の後、以前の涼が一年間の記憶をなくしたことを自覚して途方にくれているのを見たとき、功一郎はやり直すチャンスだと思った。

差し伸べた手を、もう一度摑んでもらえるチャンスだと……。

「差し伸べた手をすんなり握りかえしてもらえて、色々ありはしたが、なんとか涼も笑ってくれるようになった。それでほっと安心していたら、どうしたわけか涼は一年間の記憶を持って消えてしまった自分自身に嫉妬しはじめたんだ」

今のおまえと同じように……と、功一郎が困惑した顔を見せる。

(……ああ、そっか)

前の涼も、今の自分を、まるっきりの別人と認識していたのだ。

周囲の者すべてを敵と見なし、大好きな功一郎の手すら拒絶したハリネズミ化していた自分を、人を疑うことを知らない箱入り息子だった前の涼はどうしても理解できなかったんだろう。

どうして、功一郎まで拒絶してしまったのかと……。

だから前の涼は、以前から自分が功一郎に恋していたことを告げなかったのかもしれない。

功一郎がずっと気にしているハリネズミ状態の自分もまた、自分と同じように功一郎に恋していたことを、功一郎に知られたくなかったから……。

(俺に嫉妬して、それで対抗してたのか)

今の自分は、前の涼と同じになって功一郎に愛されたいと願ったけど、前の涼はその逆を願った。

嫉妬の対象であるハリネズミ化した自分と今の自分とを、まったく違う人格として功一郎に認識してもらいたいと考えたのだ。

それで、わざと以前の自分とは違う趣味、違う服装を心がけていったのかもしれない。

そのせいで、今の涼とはまったく別人のような成長を遂げていった。

(やっとわかった)

涼は、今まで全然わからなかった前の涼のことが、やっと理解できたような気がした。

元は同じだからか、こうなってみると前の自分の心の軌跡が手に取るようにわかってくる。

功一郎が忘れられずにいるハリネズミ状態の自分より、いま目の前にいる自分を見て欲しくて、愛して欲しくて、彼もきっと必死だったのだろうと……。

(……変な三角関係)

不慮の事故でふたりに分かれてしまったもうひとりの自分と、功一郎を間に挟んで互いに嫉妬しあっているだなんて……。

「功さんは、前の涼になんて言ってたの？」

「今と同じだ。記憶があろうがなかろうが、涼は涼だと……」

それを聞いて、前の涼は安心しただろうか？

（しなかった……んじゃないかな）

功一郎は、失われた涼に対する同情心から自分を大事にしてくれているんじゃないかと、余計に不安になったんじゃないだろうか？

なにしろ、今だってまったく安心できていないんだから……。

「今の俺は、ただの従兄弟だった功さんと恋人同士になるまでの記憶が全然ないんだよ？　それでも、俺のことを前と変わらず恋人だと思えるの？」

共有する記憶がないってことは、恋人として積み上げてきた関係もまたゼロになるってことなんじゃないだろうか？

不安になる涼に、功一郎は「それでも、涼は涼だ」と言う。

「以前、一年分の記憶をなくしたとき、医者からは不意に記憶が戻る可能性もゼロじゃないという話はされていた。スムーズに戻ることもあるし、逆にその時点まで逆行してしまう可能性もあると……」

だから、この日が来るかもしれないという覚悟だけはしていたと功一郎が言う。

「実際におまえの記憶が戻って、それまでの涼の記憶が失われたと悟ったときは、確かに辛かったよ。恋人としてすごした一年の月日の記憶が、もう自分の中にしか残ってないんだからな。それは確かに悲しい。――だが、死別したわけじゃない」

「え？」

(死別って……)

急に話が飛んでしまって、涼はきょとんとしてしまった。

「涼がここにいる。それだけで充分だ」

「でも、そんなこと言ったら、前の涼が……」

可哀想だ、という言葉を涼は呑み込んだ。

(前の涼は、自分がいま失われてる状態だってことに気づいてないんだっけ)

この三年間、涼自身がそうだったように。

「おまえの記憶がどうなっていようと、俺には関係ない。おまえは小さい頃から俺に懐いてくれていた可愛い従兄弟で、今では、俺が愛するただひとりの人だ」

(ひとり？)

本当にそうなんだろうか？

前の涼の気持ちをある程度は理解できるようになったとはいえ、やはり三年もの月日が経ったことで、今と前とではもはや別人格だとしか思えないというのに……。

「俺……でいいのかな？」

涼がぼそっと呟くと、「おまえ以外に誰がいるって言うんだ？」と功一郎が怪訝そうな顔をする。

その顔を見て、涼は、今度こそ本当に功一郎がどんな風に自分を見ているのかを理解したと感じた。

(そっか……。功さんは、本当に全然わかってないんだ)

母親代わりでもある家政婦の真由美は、功一郎を指して『朴念仁』と評したが、まったくその通りだと思う。

頑固でものの道理がわからない、わからず屋。

だからこそ、人の心の細やかな機微をなかなか理解できない。

前と今の自分の性格の違い、今の涼自身が前の涼をまるっきり違う人格だと感じていることも、本当には理解できない。

(根っこは同じだって、さっき言ってたっけ)

功一郎は木の枝の先が、ふたつに分かれたぐらいのことだと認識しているのかもしれない。

元は同じ木だから、少しぐらい枝振りが変わっても功一郎は気にしない。

功一郎にとっての真実は、たったひとつ。

永瀬涼という人間を愛している、ただそれだけ。

その想いだけが功一郎にとっての真実で、記憶とか性格とか、そういう細かいところの違いはさして気にしていないのだ。

功一郎にとっての、永瀬涼はいつもひとりだけ。

記憶のあるなしにかかわらず、この肉体を持って生きている人間こそが永瀬涼なのだ。

(それでも、やっぱり違うのに……)

ここにいない前の涼の枝葉の時間は止まってしまって、もう成長を止めてしまった。

今ここにある枝葉は、三年前にいったん成長を止めていたまだ幼いもので、前の枝葉と同じ形に成長することはできないのに……。

(それでも、功さんは俺を愛してくれるんだ)

功一郎にとっての涼は、枝葉ではなく、木そのものだから……。

だからこそ、今の自分が前の涼に拘るあまりにこの家を出て行ったら、きっと功一郎は、今度こそ恋人を本当に失ってしまったと感じるに違いない。

(功さんを悲しませたくない)

そのためにはどうすればいいか。

答えは簡単だ。

今まで同様、自分がここに居続ければいい。

たとえ、前の涼に対する嫉妬をこの胸に抱えたままであっても……。

(でも、前の涼が可哀想だ)

その存在が失われたことを、恋人に気づかれずにいるなんて……。

同時に、功一郎も可哀想だと思う。

恋人を失った自らの不幸に気づけないんだから……。

（せめて、俺だけはここにいなきゃ）

功一郎が、これ以上不幸にならないように……。

これからもきっと、ふたりの間に前の涼の影を感じては、ハリネズミのように嫉妬という名の棘を出すことになるんだろう。

そして、その棘を功一郎に向けることもできず、自分の棘で自分の心をチクチクと刺し続けることになる。

（それでも……いい）

失われた前の涼の幸せを、それと知っていて横取りするのだから、これぐらいの罰は甘んじて受ける。

それで功一郎の側で恋人としてずっと生きられるのなら、チクチクと胸を刺す棘の痛みすらきっと甘い。

「――功さん」

「ん？」

「本気で俺でもいいって言ってくれるんなら、あの指輪、俺にくれよ」

前の涼のために用意された指輪。

そして、前の涼が獲得した恋。

その影に嫉妬して逃げ出したりせず、それごと全部認めて受け入れる。

功一郎を幸せにするために。

そうする以外に、功一郎から恋人を奪わずにすむ方法はないのだから……。

「あの指輪は、これから三年経って、おまえが本当に二十歳になったときに渡すつもりでいたんだが……」

「なんだ。そうだったんだ。ちゃんと、俺にくれるつもりだったんだ」

涼がほっとして微笑むと、功一郎も安堵したようで、その肩から緊張感が抜けていく。

「三年もお預けしないで今くれよ。俺、宝物にして大事にするからさ」

お願い、と甘えると、功一郎はわかったとすんなり頷いてくれた。

そんな功一郎の甘さが、前の涼を思うと、少しだけ悲しい。

そのままふたり一緒に寝室に行き、クローゼットの奥から功一郎が紙袋を取り出した。

「ほら、これだ」

功一郎が紙袋ごとずいっと指輪を差し出す。

涼はつい苦笑してしまった。

（ムードも雰囲気もあったもんじゃないな）

でも、昔はこんな朴訥《ぼくとつ》な感じが当たり前だった。

目覚めてからの、優しい言葉をたくさんくれたり、帰宅時にキスしてくれたりする功一郎は、前の涼が恋人として頑張って矯正した結果なのだろうから……。

(前の俺、プレゼントは、あんまり貰い慣れてなかったのかな?)

それとも、どんな風に手渡されても嬉しい気持ちは一緒だと、特に気にしていなかったんだろうか?

でも、今の涼はそれじゃ嫌なのだ。

「そんな渡し方じゃ駄目だよ、功さん。お揃いの指輪って、すっごく大事なものなんだから、ちゃんと袋から出して」

ムードなさ過ぎ、と注意すると、功一郎は「そうか?」と首を竦めた。

そして、そっとジュエリーケースを取り出すと、手の平に載せる。

「これでいいか?」

「うん」

涼は、ジュエリーケースは功一郎の手の平に置いたままにして、ふわっとかけられたリボンをするっと解いた。

そして、ゆっくりと蓋を開けて中を見てみる。

「綺麗だね。——これ、功さんが自分で選んだの?」

「いや、以前のおまえが自分で選んだものだ」

「……そっか。さすが俺、趣味がいいな」

ふたつ並んで光るプラチナの指輪は、流線形のウェーブラインが綺麗なものだった。無骨すぎず、繊細すぎず、ちょうどいいデザインだ。

「これって、どの指に嵌めるの？」

「右手の中指だ。おまえが大学を卒業して社会人になったら、左手の薬指用の指輪を贈る約束になっていた」

「そっか。……じゃあ、その約束も有効ってことにしといて」

「もちろん、そのつもりだ」

功一郎が迷わず深く頷くのを見て、涼の胸がチクチクと痛む。

これは嫉妬の棘じゃなく、前の涼に対する罪悪感からの痛みだ。

（——ごめん、涼。あんたの指輪とあんたの約束、どっちも俺が貰う）

この先、何年経とうと、今の自分が前の涼と同じ個性を獲得することはないだろう。

それでも、功一郎を恋する気持ちだけはきっと同じ。

いや、負けない自信がある。

だから、その幸せを、そっくりそのまま受け継ぐことを許して欲しい。

ふたりにとって、誰よりも大切な人を幸せにするためだから……。

（眠ってるあんたの分も、功さんを愛してくから……）

祈るような気持ちで、涼はそうっと指輪に手を伸ばした。

まず大きいほうの指輪を手に取って、功一郎の右手の中指に嵌めた。

さすがに前の涼が選んだだけあって、指輪は無骨な功一郎の手にもしっくりくる。

「功さんも俺に嵌めて」

涼が功一郎の手の平からジュエリーケースを受け取ると、功一郎は無骨な指先で、小さいほうの指輪をおそるおそるつまんだ。

「こういうことはしたことがないから、妙に緊張するな」

涼がジュエリーケースを床に置くと、生真面目な顔でその手を取って、指に指輪を嵌めていく。

本当に緊張しているようで、指輪を押し込む指先が微かに震えている。

「痛くないか？」

「平気だよ。サイズもぴったり」

ちゃんと奥まで押し込んでもらってから、右手の指を功一郎に見せる。

中指に嵌まった指輪は、傷ひとつなく、手を動かすたびにチラチラと光を放った。

「やっぱり綺麗だな」

前の涼のセンスのよさに感謝しながら、涼は自分の右手を功一郎の右手に重ねた。

「功さん、次はキスしてよ」

「キス？　なんだか、結婚の誓いみたいだな」

照れくさそうに功一郎が微笑む。

「俺、そのつもりなんだけど」

「そ、そうだったのか」

功一郎が露骨におろっと狼狽《うろた》える姿が、なんだか可愛く見えた。

「うん。——やっぱり、三年早い？」

「いや。……もう、そんなことは言わない。おまえに何度も泣かれるのは堪えるからな」

嬉しいよと囁く功一郎の唇が降りてきて、そっと涼の唇に触れる。

「功さんは、ほんとに俺に甘いよね」

涼は背伸びして、功一郎の唇にお返しのキスをした。

「じゃあ、次は初夜だ」

涼がそう言うと、功一郎はまたおろっと狼狽えた。

「そこまでするのか？」

「当然。こういうのはお約束だから」

「なるほど、様式美だな」

そういうことなら、と、功一郎が、ひょいっと涼を抱き上げる。

急にお姫さま抱っこをされた涼は、びっくり面食らってしまった。

「ど、どうしたの、功さん」

「はじめての夜に、こうやってベッドまで連れてって欲しいって、前のおまえが言ってたんだ。——嫌だったか？」

「嫌じゃないよ。……ちょっと照れくさいけど」

どうやら前の涼は、今の自分よりずっとロマンチストだったようだ。

(でもきっと、前の涼はこんな風にされて、すっごく幸せだったんだろうな)

チリッと微かに胸が痛んだが、それでも、そのときの前の涼が幸せを感じてくれていればいいと思う。

嫉妬はするけど、もう悔しいとは思わない。

彼の幸せの上に今の自分の幸せがあり、そして、彼の幸せは功一郎の幸せでもあるのだから……。

「功さん、大好き」

そっとベッドに横たえられると同時に、涼は功一郎の首に腕を絡めてキスを誘った。

自分で言った初夜という言葉に煽《あお》られたのかもしれない。

涼は、なんだか最初からやたらと感じてしまっていて、挿入されると同時に達くという体験をはじめてしてしまった。

「ご、ごめん……」

あまりにも早すぎる解放が恥ずかしくて、荒い息を吐きながら功一郎に謝ると、功一郎は微笑んで額にキスしてくれた。

「謝るようなことじゃない。むしろ、こっちは嬉しいぐらいだ」

いったん抜くか？ と問われて、慌てて首を振る。

「嫌だ。このままがいい」

「それなら……」

不意にひょいっと抱え上げられ、繋がったままで抱き起こされる。

「——んっ」

なんの心の準備もないまま。自分の重みの分だけぐぐっと奥まで功一郎の熱を受け入れた涼は、その刺激に思わず功一郎にしがみついた。

「悪い、乱暴だったか？」

「へ……いき。ちょっと、びっくりしただけ……」

ぺたっと功一郎の胸に頬をくっつけて目を閉じ、荒い息が静まるのを待とうかと思ったのだが、中に入ったままの功一郎の熱がその邪魔をする。

頬から伝わってくる功一郎の鼓動も普段より早い。

(この状態じゃ、さすがに落ち着けないか)

いったんそれを意識してしまうと、もう駄目だった。

奥まで開かれた身体が、受け入れた熱を感じたがって勝手に動き出してしまう。

「……んんっ……」

自然にゆらっと腰を揺らすと、支えるように功一郎の腕が身体に回された。

中に入ったままの功一郎の熱に炙《あぶ》られて、じりじりと背筋を甘い痺《しび》れが迫《せ》り上がってくる。

「功さんの、気持ちいい」

涼は、迫り上がってくる喜びに突き動かされるように、功一郎の頬を両手で包んで、その顔中にちゅっちゅっと何度も何度もキスをする。

「おまえは、子供みたいなキスが本当に好きだな」

そんな涼の仕草を、功一郎は微笑ましそうに見た。

「ん、好き。……前の俺は、こういうキスしなかった?」

「さすがに、ここまで何度もしたりはしなかったな」

「ふうん、そっか……」

(前の俺は、ベッドでもおっとりしてたのかな)

自分から積極的に動くより、功一郎の好きなようにしてもらうほうを好んでいたのかもしれない。

(だから功さん、夢中になると、ちょっと自己中な感じになるのかも……)

はじめてのときに文句をつけたからか、今はちゃんと手順を踏んでゆっくり愛してくれるけど、夢中になってくると普段の温厚さからは信じられないほど強引に振る舞ったりする。

決して嫌じゃないし、むしろ気持ちいいから別にそれでもかまわないけど……。

「功さんは、こういう子供っぽいの嫌？」

ちょっと心配になって聞いたら、「まさか」と功一郎がすぐに否定してくれる。

「少しくすぐったいが、好かれてる感じがして悪くない」

「よかった。俺はこういうキス好きだから、これからもずっとするよ」

功一郎は、汗で額に張りついていた涼の髪を、指先でそっと払った。

涼は、その優しい手へ、またちゅっとキスをひとつ。

そして、キラッと光る中指の指輪にも……。

「俺、絶対に大切にするからね」

(指輪も、功さんも……)

前の涼へのそんな想いを込めて、自分の指に光る指輪にもそっと唇を押し当てる。

「喜んでもらえてよかった」

功一郎は、涼の言葉に微笑みを浮かべた。

自分の不幸を知らないからこそのその微笑みに、涼はきゅうっと胸が締めつけられるような感じがした。

でも、ここで切ない顔を見せるわけにはいかない。

功一郎に幸せでいてもらうために、前の涼の不幸を自分ひとりの胸の中に収めると決めたのだから……。

「俺も大切にする」

そっと涼の手を取り、功一郎も同じように涼の中指に光る指輪に唇で触れる。

その唇が、自然に涼の腕の傷へと移動していく。

すすっと滑っていく唇の感触に、触れられた肌が甘く痺れる。

「……んっ……」

愛おしむように腕の傷をなぞっていく功一郎を見ても、もう胸はチクチクしなかった。

自分の中で眠っている前の涼、その夢の中にこの優しい愛撫が届いていればいいと思う。

独り占めするのは、やっぱり申し訳ないような気がするから……。

「……功さん、ありがとう」

だから涼は、ふたり分の想いを込めて、ぎゅっと功一郎にしがみついた。

そして、深いキスを求めて薄く開いた唇を、功一郎の唇に押し当てていった。

「……んっ……んん」

深いキスが呼び水になって、一気に感覚が鋭敏になる。

腰が勝手に揺れて身体の奥が勝手にうずうずと蠢《うごめ》き、功一郎の熱を刺激して締めつける。

涼は深いキスを堪能しながら、しばらくは座位のままで楽しみたかったのだが、どうやら功一郎はそれでは物足りなかったようだ。

焦れったそうに涼の上半身をベッドに横たえると、片足を抱え上げてまた一気に根本まで押し込む。

「んあっ！」

乱暴とも取れるその動きを、涼の身体は嬉々として受け止めた。

「功さん……あっ……ああっ……」

激しい動きによれたシーツをぎゅっと摑み、感じるままに声をあげる。

自分のそんな痴態に功一郎がより煽られるらしいと気づいてからは、甘い声を出すことへの戸惑いもなくなった。

功一郎にもっともっと自分を欲しがって欲しいし、功一郎がもっともっと欲しい。

その思いだけで、功一郎の激しい動きに必死でついていく。

心より先に熱くなって先走るこの身体に、戸惑うこともうなかった。

(これは、前の涼の喜びだから……)

愛され続けてきたその月日の分だけ、この身体には功一郎の愛撫が刻み込まれている。

そのことを喜びこそすれ、悔しいとは思わない。

前の涼の分も、一緒に功一郎を愛していこうと決めたから。

熱くなって功一郎を求め続けるこの身体、功一郎に愛された記憶を持っているこの身体が、むしろ愛おしいとすら思える。

何度も体位を変えて求められ、そのたびに涼の身体は、そんな功一郎の望みを嬉々として受け入れた。

何度も何度も穿《うが》たれたそこは、甘く痺れてとろけそうだ。

「涼、いいか？」

「……ん、いい。……あっ……」

耳元に吹き込まれるいつもより少しうわずった功一郎の声に、何度も頷き、汗ですべるその肌に指を這《は》わせる。

自分の上で激しく動くその熱い身体が愛おしくてたまらない。

その想いが、喜びを何倍にも深くする。

自分が何度達ったかさえ記憶にない。

自分の身体が今どうなっているか、なにを口走っているかもわからない。

我を忘れて乱れながらも、涼は、ただ功一郎の与えてくれる喜びだけに素直に応じている。

「……涼。そろそろ達くぞ」

一緒に……と、耳元で囁かれ、その声にぞくっと背筋を甘く震わせながら涼は頷いた。

「……功さん……あっ、あっ……——んあっ！」

一際強く打ちつけられ、最奥で熱く弾ける感覚がある。

涼は無我夢中で功一郎の身体に足を絡ませ、その頭をぎゅっと胸へと抱き寄せる。

愛される喜びを、もっと深く自分の心と身体に刻み込むために……。

7

それでもやっぱり、前の涼に負けるのは嫌だ。

負けず嫌いな涼は、だからそれはもう必死に勉強している。

大学はけじめをつける意味で、きっちり自主退学ってことにした。

勉強を見てくれている森村達からは、受験の難関を突破せずに学生になれるという特典を捨てるのは惜しくないかと口々に唆《そそのか》され、ちょっとよろめいたりもしたが、前の自分の努力におんぶに抱っこはさすがにプライドが許さない。

だからもう一度受験し直す予定だ。

ちなみに、たぶん情報処理系に進むことになると思う。

父親が携わっていた業種のような、時代の流れに寄り添った仕事にかねてから興味があったからだ。

(前の俺が経済学部を選んだのって、やっぱり功さんのためかな?)

公認会計士や経営コンサルタントなど、功一郎の会社の手伝いを少しでもできたらと考えていたんじゃないかと思う。

(そういうの、俺には無理だ)

功一郎に協力したいとは思うけど、自分の人生をなにもかも捧げて尽くしたいとまでは思えない。

必要とされたときにいつでも力を貸せるよう、自分は自分で頑張って力をつけていきたいと考えてはいるけれど。

(前の俺が一途なのって、片思いの期間が長かったからなのかな)

机の一番下の引き出しに隠してあった、功一郎の写真が入った写真立てを眺めながら、そんなことを考えた。

一緒に暮らすようになって三年。

だが、恋人になってからはまだ一年だと功一郎は言っていた。

ということは、きっと前の涼は、二年もの間、ひとつ屋根の下で暮らしながら、ずっと功一郎に片思いをしていたってことになる。

従兄弟から恋人へと変化していくまでに、いったいどれほどの苦労があったかを想像しただけで、涼は前の涼がちょっと気の毒になってしまった。

(功さんに恋心を気づいてもらうのって、絶対に大変だったはずだよな。なにしろ、あの朴念仁ぶりだし……)

きっと一生懸命恋心をアプローチしても、従兄弟としての行為と受け止められてばかりで空振り。

肝心の恋心には気づいてもらえないままってことを、何度も何度も繰り返したに違いない。

その甲斐《かい》あって恋人同士になれた後だって、きっと絶対に大変だったはずだ。

ごく自然なスキンシップや、帰宅時のキスなんて洒落た真似を、かつての朴訥だった功一郎に覚えさせるのは一苦労だっただろうから……。

なんてことを勝手に想像していたのだが、どうやら間違ってはいなかったようだ。

家政婦の真由美は、前の涼の相談相手になってやっていたようで、その手の相談を何度も受けたことがあるのだとか……。

詳しく知りたいですかと聞かれたが、それは断っておいた。

知りたいような気もするけど、知ればどうしても嫉妬せずにはいられないからだ。

それに、同じ身体を共有しているとはいえ、別人格だと認めている相手の恋愛事情を勝手に覗くのは礼儀に反するような気もするので……。

だから、その話題にはこちらから触れないことにしたのだが、真由美が勝手に教えてくれることに関してはありがたく聞き耳を立てている。

われながら中途半端だとは思うけど……。

ちなみに、功一郎を指して『朴念仁』と言いだしたのは、前の涼だったようだ。

(きっと、功さんの鈍さに苛々したこともあったんだろうな)

恋愛における苦労のほどが偲《しの》ばれて、やっぱりかなり気の毒になった。

最近になって気づいたのだが、前の涼の趣味は、どうやらそのまま功一郎の趣味みたいだ。

前の涼は、もっと功一郎に近づくため、共通の話題を作るために、功一郎の趣味を真似していったんだろう。

そのせいで、本来なんの興味もなかったクラシックや歴史小説なんかに手を出し、服の趣味も功一郎に合わせてお堅いものへと変えていった。

そして、優しいけれど言葉少なく朴訥な功一郎の負担にならないようにと、消えたかつての自分との差別化を図りつつ、その性格を徐々に変化させていったのだろう。

その結果、前の涼は、おっとり優しい天女さまのような性格になった。

(俺は、やっぱりラッキーだったんだな)

おっとり優しい天女さまを取り巻く環境は、やっぱりおっとり優しかった。

優しい恋人に、優しい友人達。

目覚めてすぐ、まだハリネズミ状態だった自分が戸惑ってしまった優しい環境は、前の涼が整えていてくれたもの。

前の涼に今でも少し嫉妬したり憎らしいと思ったりもするけれど、今になってはじめて涼は心から感謝する気持ちになれていた。

(あんたが大事にしてたもの、どれもこれも全部なくさないようにするからさ)

それが、そっくりそのまま前の涼の居場所を引き継いだ自分の責任だろうと思う。

でも、その献身的な生き方までは真似してやらない。

涼は涼らしく生きて行く。

考えたくもないことだけど、この先、自分がまた眠りについて、前の涼が目覚めることだってあるかもしれない。

そのとき、前の涼が、自分の置かれたあり得ない状況に戸惑い、どうなってるんだ？　と戸惑ってくれたら、ちょっとざまあみろだ。

(俺だって戸惑ったんだから、これぐらいのお返しは可愛いもんだよな)

そんな日が来ないことを、心から祈ってはいるけれど……。

☆

将来のことを考えられるようになって落ち着いたところで、やっと母に会う気になれた。

涼にとってほぼ三ヶ月ぶりに会う母は、以前よりぐっと若返っているように見えた。

涼の知っている彼女が、彼女の人生の中でたぶん一番弱っている時期だったせいもあるだろうけれど……。

皆より三年分足りていない涼にとっては、そんな母の変化がまだ少しだけ悲しく感じられたが、それでもよかったなと思うことはできた。

すっかり大きくなったお腹を撫でながら、三矢弁護士と共に微笑むその姿はとても幸せそうで、お腹の中の子供が女の子だと検診で教えてもらってきたと言っていた。

三矢弁護士からは、落ち着いたのならここで家族として共に暮らして、生まれてくる妹の成長を一緒に見守っていかないかと誘われたが、涼は礼を言ってから断った。

「俺が安心して暮らせる場所は、向こうにちゃんと用意されてるからさ」

功一郎の側がいいと三矢弁護士にはっきり告げると、「私達、またふられちゃったわね」と母が苦笑していた。

「前の俺も同じこと言った？」

「そうね。再婚してから何度か誘ったんだけど、そのたびに断られてたの」

少し寂しいけど、涼の望むように、幸せに生きてくれればそれでいいと母には言われた。

その表情や口ぶりから、母は功一郎と自分の関係に気づいているのかもしれないと、涼はふと感じた。

「お腹、撫でてあげてくれる？」

母に言われて、涼はびっくりするぐらい丸いお腹におそるおそる触れてみた。

その途端、お腹の中の妹がぽこんと手の平を蹴《け》ってきて、生意気なとちょっとばかりむっとする。

「早く出てこいよ」

一緒に遊んだり、喧嘩《けんか》したりしよう。

おまえが生まれてくることを楽しみにしていた、もうひとりの自分の分も可愛がってあげるから……。


帰り道、そのまま功一郎とふたりで父の墓参りに行くことにして、途中で花屋に寄った。

「やっぱり以前と同じ花を選ぶんだな」

注文した花束を受け取った涼を見て、功一郎が目を細める。

「まあね。父さんは百合の花が大好きだったから……」

正確に言えば、白い百合の花を妻に贈るのが大好きな人だったのだ。

母の再婚を父がどう感じるか、さすがに想像することはできなかった。

愛した人が幸せで暮らしているならそれでいいと喜んでくれるか、それともまったく逆の思いを抱くか……。

色々と想像したところで、それが父の本当の思いだと確かめる術《すべ》はない。

ひとつだけ確かなことは、心から愛する者の不幸を望むような人ではなかったこと。

(俺だったら、きっと許すだろうな。……しかたないし)

もしも、また記憶が入れ替わって前の涼が戻ってきたら、そのまま功一郎の側にいることを許すだろう。

もちろん、手放しで祝福する気にはなれない。

やっぱり気持ちは複雑だけど、たとえ自分が側にいなくても、功一郎には幸せな人生を生きていって欲しいと思うのだ。

この先も、ずっと……。

☆

風呂上がり、涼はキッチンに飲み物を取りに行ったついでに窓の外を見た。

「……凄い風」

天気予報では雨が降ると言っていたが、こんな強風は予測していなかったはずだ。

窓の外では、強い雨風に庭木がゆらゆらと揺れている。

ここ最近の寒さで半ば落葉していた庭の木の葉も、一気に全部丸坊主になる勢いだ。

(明日は庭の掃除が大変だな)

天気予報が外れなければ、明日は午後から晴れるのだとか。

そうしたら、真由美を手伝って、一緒に散らかった庭を綺麗にしよう。

ぼんやり眺めつつそんなことを考えていたら、キッチンのドアが開いて「ここにいたのか」と功一郎が歩み寄ってきた。

「迎えに来てくれたんだ」

「ああ、なかなか上がってこないから」

強い雨風の夜、父の死を思い出して不安定になってないかと心配してくれたのだろう。

「ありがと」

(ほんとは、もう全然平気なんだけどさ)

心の中でペロッと舌を出しつつ、涼は微笑む。

以前、ハリネズミ状態だった涼がこんな夜を恐れたのは、これ以上の不幸はもう耐えられないと思うほどに今が辛かったからだ。

でも、安心できる暮らしを手に入れた今ではもう怖くない。

「……それで、その指輪を嵌めたほうの手に持ってるものは、なんだ？」

「功さん秘蔵の赤ワイン」

「反対側の手は？」

そう聞かれた涼は、ワイングラスをふたつ摑んだ手を上げて、にこっと愛想よく誤魔化し笑いをする。

「たまにはいいじゃない」

「たまにじゃない。ここ最近、一日置きぐらいに飲んでないか？」

ワインボトルを取り上げられそうになった涼は、すいっと身をかわして逃げた。

「二十歳過ぎてるんだから、法的にはなんの問題もないよ」

「ある。中身はまだ十七だろう」

あと三年待て、と功一郎は頑固だ。

これと同じような理由で、車の免許を取りに行くのも反対されている。

精神年齢的に免許を取れる年齢に達していないのは事実だし、自分の未熟さのせいで事故ってしまうのはまずいと思うので、そっちは大人しく功一郎の意見を受け入れていた。

が、お酒に関しては別だ。

肉体的には二十歳を過ぎて、成長も頭打ちだし、けっこう酒に強い体質みたいで我を忘れるほど酔っぱらって周囲に迷惑をかけることもない。

(迷惑をかけるっていったって、一緒に飲む相手は功さんだけなんだから、そこも問題ないしさ)

涼は、美味しいものが目の前にあるというのに、我慢できるような忍耐強い性格ではないのだ。

「じゃあ、味見だけ。ほんのちょっと飲むだけならいいだろ？」

「そう言っていつもゴクゴク飲むのは誰だ？」

「俺。でもさ、今晩は特別。——だってほら」

涼はワインボトルを持った手で窓の外を指差す。

「風の音が強いと、素面《しらふ》じゃ眠れそうにないし……」

だからお願い、と涼はわざと甘えて頼んでみた。

「おまえ、狡《ずる》いぞ」

涼のお願いに弱い功一郎は、軽く眉をひそめた。

「それなら、少しだけ……。そうだな。グラス一杯だけにしとけ」

「もう一声」

「それ以上は駄目だ」

「一杯程度じゃ眠気も誘わないって。……ああ、そうだ。だったらさ、功さんが睡眠薬の代わりになってよ」

「は？」

「俺のこと、腕枕で寝かしつけて」

「腕枕？　いや、それはちょっと……」

功一郎はおろっと露骨に狼狽える。

以前から、恋人に背中を向けて寝る功一郎の態度はいかがなものかとちょっと不満に思っていたのだが、どうも抱き込んだままで寝返りを打ってしまうのを恐れているらしい。

前の涼とこんな関係になったばかりの頃、うっかり涼の腕を身体の下に敷いてしまって、半日ほど感覚が戻らなくなるというヘマをやらかしたことがあるようなのだ。

そのせいもあってか、前の涼はしかたなく背中を向けられても諦めていたようだが、今の涼に諦めてやる気はさらさらない。

「大丈夫だって。俺、頑丈だよ。それに、痛かったり苦しかったりしたら、遠慮なく功さんを叩き起こすからさ」

前の献身的な涼だったら黙って我慢しただろうが、今の涼はそんなことはしない。

耳や鼻を引っ張ってでも起こすからと言ったら、功一郎はちょっとおかしそうに笑った。

「確かに、今のおまえならやりそうだな」

「だろ？　だから、安心していいよ」

寝室行こ？　と促すと、功一郎は諦めたように指輪を嵌めたほうの手で、涼からワインボトルを取り上げると階段へと向かった。

(ほんと、俺に甘いよなぁ)

その後をついて歩きながら、涼は功一郎の背中を見て苦笑する。

目覚めたとき、この広い背中がまず目に入った。

あのときは、目の前の広い背中の持ち主が誰かわからなかったから恐怖を覚えたが、今はむしろ安心する。

(前の涼も、きっとそうだったんだろうな)

一緒に暮らすようになって、ずっと功一郎に片思いし続けて、二年越しで功一郎の恋人の座を得た前の涼。

彼にこの先の人生があったなら、きっとずっと功一郎の背中を献身的に追い続けて行ったんだろう。

(俺には無理だけど)

ただついて行くだけじゃつまらない。

自分の人生、好きなように生きたい。

そして、堂々と胸を張って、好きな人に向き合える自分でいたい。

とはいえ、今の自分はまだなにも持ってないし、なにも成し遂げていない。

いま手にしているのは、前の涼のものばかり。

なにもかも、これからだ。

これからは、あちこちもっと自由に飛び回って、自分らしい生き方を模索していこう。

そして、その先でなにか楽しいものや綺麗なものを見つけたら、功一郎の腕を掴んで引っ張っていって一緒に楽しんでもらおう。

夜空に広がる綺麗な花火に大喜びして、功ちゃん、見てる？　と無邪気にはしゃいだ子供の頃のように……。

涼は、なんだか急におかしくなって、ひとりで小さく笑った。

功一郎は階段を上り終えたところで立ち止まり、そんな涼を振り返って見た。

「どうした？」

「いや、あのさ。子供の頃みたいに功さんに肩車されたら、どんな感じかなぁって想像したら、ちょっと楽しい気分になっちゃって……」

「肩車って……。今なら間違いなく頭をぶつけて痛い思いをするだろうな」

功一郎が人差し指を立てて天井を指差す。

「そっか……。残念」

涼はピョコンと階段の最後の一段を上り終えると、功一郎の前に立ってその顔をじっと見上げた。

「功さん」

「なんだ？」

「俺と一緒に楽しいことといっぱいしような」

春になったら京都に花見に行って、夏の休暇にはあの湖畔の街に避暑にも行こう。

普通の休日には一緒に朝寝坊して、午後になってから街に遊びに行こう。

考えたくもないことだけど、いつか不意にこの記憶が途切れる日が来るのかもしれない。

そんな日がきても、功一郎の楽しい思い出の中でずっと笑顔の自分が功一郎と一緒にいられるように、恋する記憶を幾重にも重ねていく。

そう、前の涼から嫉妬されるぐらいに……。

(そこら辺は、お互いさまなんだから勘弁しろよな)

涼は、チリッと甘痒《あまがゆ》く痛む胸を意識しつつ、そんなことを思う。


「——楽しいこと？」

一方、功一郎のほうはなにやら誤解したらしく、おろっと露骨に狼狽えて微かに顔を赤くした。

「あれ、やだな功さん。なにかやらしい方向に勘違いしてない？　普通に遊びに行こうって誘ったつもりだったんだけど？」

さすが、おっとなだね〜、とからかうと、照れたのか功一郎は首まで赤くしてずんずんひとりで寝室に向かってしまった。

怒ったわけではなく、照れくさくてどう対処していいかわからないといった感じだ。

(そっか。功さん、からかわれるのには慣れてないんだ)

献身的だった前の涼は、功一郎をからかって遊んだりはしなかったんだろう。

だから、あの功一郎の照れた顔を見たこともないはず。

あれは、今の自分だけが知っている顔だ。

「待って、功さん！」

嬉しくなった涼は、功一郎を追いかけて、寝室に入ったところでその腕にしがみついた。

「もちろん、そっちも期待してるってば。——で、返事は？」

俺と一緒に楽しいことする？　とわざと甘えた態度で聞くと、功一郎は赤くなったままで眉をひそめた。

「俺が、おまえのお願いを拒絶したことがあるか？」

「ない」

返事をちゃんと聞く前に、涼はにっこり笑って「ありがとう」とお礼を言った。

それを見た功一郎は、「おまえは本当に狡いな」と苦笑する。

「功さんが俺に甘いのが悪いんだよ」

ぎゅっと腕を引っ張って、背伸びした涼は、少し屈《かが》んだ功一郎の頬に「大好き」と囁いてちゅっとキスをした。

功一郎は無言のまま微笑んで、同じキスを涼の頬に返してくれる。

（……俺、幸せだな）

この一瞬一瞬があまりにも愛しくて、切ないほどに……。

「功さん、早くワイン開けよう」

ふたりだけで過ごせるこの貴重で幸せな時間を、たとえ一瞬でも無駄にしたくない。

涼は無邪気に笑って、功一郎に思いっきりじゃれついた。

夢みる記憶

夜、寒けを感じて目が覚めた。

功一郎《こういちろう》には横向きに寝る癖《くせ》があるのだが、そんな功一郎の背中に、いつもまるで小亀のようにぺったり張りついて寝ているはずの涼《りょう》の体温を感じない。

（こんな時間に起きたのか？）

寝つくまでは少々時間がかかるが、涼の眠りは深く、一度寝てしまうと普段は朝まで目を覚まさないのだ。

奇妙に思って寝返りを打って涼の姿を捜すと、涼はカーテンを開けて夜空をじいっと見上げていた。

（……大きくなったな）

すらりとしたその後ろ姿に、ふとそんなことを思う。

小さな頃の涼は本当に小柄で華奢《きゃしゃ》で、それなのにやんちゃで無防備な子供だったから、功一郎はよくハラハラさせられた。

思いっきり駆け寄ってきて、その勢いのままでじゃれつかれるときなどは、はじき飛ばして怪我でもさせるんじゃないかと、いつも襟首や腕を慌ててがしっと摑《つか》んでいたものだ。

そんな日々から十年以上の月日が経《た》ち、肉体的な年齢では二十歳を迎えた涼もそれなりに成長して大きくなった。

平均的な日本人男性よりずっと身長は高いと本人は得意気だが、すんなり伸びた手足はいまだに細いままだ。

子供の頃から骨太で大柄だった功一郎の目から見れば、その手足はあまりにも華奢で、ちょっと力を加えただけでポキリと折れてしまいそうな感じさえする。

だからこそ、腕枕で寝かしつけてよと要求されたときは非常に緊張した。

緊張しすぎた挙げ句なかなか眠れず、やっと眠れた後も涼を潰《つぶ》さないようにと身動きひとつしなかったせいで、翌朝、目覚めたときには寝違えてしまっていたほどだ。

『功さんって、不器用だよね』

そう苦笑した涼は、その後、無理ならしかたないかと腕枕を諦《あきら》めてくれたのだが、その代わりのように、以前にも増して背中にくっついてくるようになった。

なんとなくムキになって張りついているような感じもするが、今の涼はやせ我慢できる質《たち》じゃないから、夏場になれば自然にはがれ落ちるだろう。

子供の頃から一途に懐いてくれた年の離れた可愛い従兄弟《いとこ》。

思い詰めた顔で好きなんだと言われたときは、思いがけない告白に正直面食らったし、戸惑いもした。

だが、細いその身体《からだ》がこの腕の中に飛び込んで来ると同時に、これが正しい形だとすんなり納得している自分もいた。

生来無骨な質で、特に恋愛に興味を持つこともなく二十代も半ばを迎え、親戚に勧められるままにあてがわれた女性とつき合ったことがある。

それなりの年齢になったら、結婚して所帯を持つのが世間の常識だと思っていたからだ。その女性とは、結婚相手として条件的になんの問題もないように思えたからつき合ってみただけで、愛情は感じてはいなかったように思う。

だから家業が傾いた際に別れを告げられたときも、あっさりと別れを受け入れることができたのだ。

特になにも思い悩まなかったし、辛《つら》いと思うこともなく、心は一切揺らがなかった。だが、幼い頃から可愛がってきたこの可愛い従兄弟に愛を請われたときは、自分でも驚く程ぶざまに狼狽《うろた》えてしまった。

好きなんだと言われてはじめて、それと同じ想いがかなり前から、自分の中にもあることを唐突に自覚してしまったせいだ。

小さな従兄弟を可愛いと思い、守ってあげたいと強く願う気持ちが、身内に対するただの情ではなく、個人としての恋情であったことに……。

はじめて自覚した恋という感情に戸惑いながら、気づいたばかりのその事実を、そのまま涼に素直に告げた。

『功さん、鈍すぎっ』

涼からは思いっきり叱《しか》られて、その後、堰《せき》を切ったようにわんわん泣かれまくって、いつまでも泣きやもうとしない涼に困り果てたあの日……。

(懐かしいな)

それらすべて、今ではもはや功一郎の中だけにしかない記憶だ。

好きなんだと思い詰めた顔で告げてくれた頃の涼は、高校時代に遭った交通事故の影響で、事故前一年間の記憶をなくしていた。

その三年後、なくした一年間の記憶を取り戻すと同時に、今度は事故後の記憶を失った。

それから数ヶ月、涼は今の生活にも慣れて、功一郎の傍らで元気に暮らしている。

恋のはじまりの記憶が自分の中にしか残っていないのは少し寂しいが、涼自身を失ったわけではない。

愛しい存在は、今もまだこの腕の中にある。

欲張ったところで、さして意味はない。

今この腕の中にある幸せ、それ以上のものを功一郎は求めていなかった。

「涼、寒くないか?」

春とはまだ名ばかりで、夜間は肌寒い季節だ。

気管支があまり強くない涼を心配して、功一郎は声をかけた。

「平気」

振り向いた涼が、目元を細め小首を傾《かし》げて、ふわっと微笑《ほほえ》む。

(……これは)

その大人びた優しい表情を見た瞬間、功一郎は瞬時に悟ってしまった。

目の前で微笑んでいるのが、かつて一途に恋を打ち明けてくれた、あの涼だと……。

(また、記憶が戻ったのか？　だが、なぜだ？)

前に記憶が戻ったのは、強い雨風の夜だった。

父親の死に軽いトラウマを持っていたせいか、その雨風の音に刺激されてしまったらしい。

だが、今の涼は雨風に反応することがほとんどなくなっていたし、昨日から今日にかけての天候は晴れで、風も強くなかったのだが……。

「雨、やんだんだね。さっきまであんなに雨風が強かったのに、今は嘘みたいに雲ひとつないよ」

暗い部屋の中で表情が見えにくいせいもあるのだろうが、功一郎の戸惑いに涼はまったく気づかない。

なんだか夢でも見ていたみたい、とおっとり微笑む。

「ねえ、功さん」

「ん？」

「これ、サプライズ？」

ふふっと微笑んで、涼が功一郎にその右手の甲を見せた。

中指に光る銀色の指輪が、闇《やみ》の中でキラッと光る。

十七歳の涼の誕生日にプレゼントしたものだが、目の前にいるこの涼は、当然その事実を知らない。

「俺が寝てる間に嵌《は》めちゃうなんて反則だよ。直接プレゼントして貰《もら》うの楽しみにしてたのに」

功さん、狡《ずる》い、と涼が怒る。

だが、その怒りは口先だけで、口元には優しげな笑みが浮かんだままだ。

(ああ、そうだったな)

以前の涼は、本気で怒ったり拗《す》ねたりすることがほとんどなかった。

いつもおっとり微笑んでいて、鈍くて不器用な自分のすることをすべて許してくれていた。

あまりにも優しすぎて、少し無理をしているのではないかと心配になるほどに……。

「悪い。照れくさかったんだ」

また記憶が飛んでしまったことを、今の涼にどうやって説明しようか？

悩みつつ、功一郎は、涼に軽く頭を下げた。

「特別に許してあげる。……とっても嬉《うれ》しいから」

ちゅっと右手の中指の指輪にキスした涼は、功一郎の元に戻ってきてベッドに腰かけた。

「功さんのも見せて」

「ああ」

手を差し出すと、功一郎の指輪にもちゅっと嬉しそうにキスをする。

(やっぱり、やることは一緒だな)

なにかというと功一郎の手を取って、その指に嵌まった指輪にキスするのが最近の涼の癖だったのだ。

同じ癖になんだか安心した功一郎は、涼をそっと抱き寄せた。

涼は甘えるように功一郎の胸に頬をすり寄せると、安心したようにそのまますうっと寝息を立ててしまう。

「……涼?」

抱き寄せられているとはいえ、上半身を起こしたままの姿勢で眠りにつくだなんて、普段寝つきの悪い涼にしてはちょっと珍しい事態だ。

軽く揺さぶってみたが、やはり目覚めない。

(昨夜は酒を飲んでないはずだし……。もしかして、寝ぼけていたのか?)

となると、記憶がまた飛んだのは一時的なもので、明日の朝になれば、昨日までの涼が戻ってくるのだろうか？

それとも、このままこの涼で居続けるのか？

（どっちの涼が現れるんだ？）

そう考えた途端、背筋に、ぞっと冷たい感覚が走った。

（どっちって……。どっちも涼には違いないのに……）

前の自分と今の自分は違うと訴える涼に、今も前もない。涼は涼だと告げたのは自分だ。

それなのに今この瞬間、感じているこの喪失感はいったいなんなんだろう？

（どっちでも同じはずだ）

ただ少し、持っている記憶が違うだけ。

涼であることには違いがない。

それがわかっているのに、あり得ないほどの喪失感がこの胸に去来する。

以前、交通事故で涼が一年間の記憶をなくしたときも、確かに微《かす》かな喪失感と後悔を覚えた。

人を信じることを忘れ、いつも不安げな目をしたあの頃の涼を助けてあげることができなかったと……。

その後、また涼の記憶が三年分飛び、不安げな目をした涼が戻ってきたとき、功一郎はもう一度やり直す機会を天から与えられたのだと思うことにした。

恋のはじまりの記憶を涼が失ってしまったことは悲しいし、寂しくもあるが、目の前にいるのが自分が愛する存在であることには変わりはないのだからと……。

だが今、以前の涼と再会してしまったことで、その考えが根底から揺らぐ。

(……同じでも、違うのか？)

戸惑いながら、そうっと涼の身体をベッドに横たえると、涼がふっと目を開けた。

「功さん？」

寝ぼけ眼《まなこ》のまま、涼がにこっと子供のように微笑む。

(これは、今の涼だ)

三年間の記憶をなくし、新しく人生を生き直している十七歳の涼。

その微笑みにほっとした功一郎は、同時に、深い喪失感にも苛《さいな》まれていた。

「まだ夜中だ。寝なさい」

髪を撫《な》で、手の平で頬《ほお》を包んであげると、涼は微笑んだまま、またすうっと寝息を零《こぼ》す。

(そういう……ことか)

前の自分と、今の自分は違う。

涼がそう訴えた意味を、功一郎は今になってはじめて理解していた。

(同じでも、違うのか)

一途に想いを告げてくれたおっとり微笑む涼と、ロードバイクを乗りこなして日々精力的に飛び回っている涼。
同じ肉体を共有してはいても、ふたりは違う存在なのだ。
だからこそ今、この胸にはこれだけの喪失感が溢《あふ》れている。
(……俺は、本当に鈍いな)
涼を愛している。
その想いに変わりはない。
だからこそ、こうしてここにいる涼をこの腕に抱き、愛しんで暮らしている。
だが、一途に想いを告げてくれたあの涼は、そんな自分をいったいどう思うだろうか?
穏やかに眠る涼の寝顔を見つめているうちに、深い喪失感は、苦痛に変わった。
「——すまない」
功一郎は小さく声を絞り出した。
歯を食いしばり、胸を苛む苦痛に耐える。
耐えることしかできなかった。
なぜなら、功一郎は、涼を愛しているからだ。
(涼は涼だ。……どちらも、確かにここにいる)
この先また、一時的に入れ替わることがあるのかもしれないし、ないかもしれない。
もしかしたら、何十年も経ってから、またかつての涼が戻ってくる可能性だってある。

それでも、心は揺らがない。
——涼を愛してる。
真実は、ただそれだけ。
共にすごした幼い日、そして共に暮らすようになってからの日々。
これまでに至る、すべての日々を、等しく愛している。
そこに嘘はない。
「俺は、いつもおまえの側《そば》にいる」
功一郎は、眠る涼にそう誓った。
そっと涼の手を取ると、その指輪に軽く唇を押し当てる。
愛しさと喪失感と苦痛。
すべてを呑《の》み込んで、涼と共に生きて行く。
失われた記憶、そしていつか失われるかもしれない記憶。
それらすべてを自らのうちに抱き、愛しく、切なく思い出しながら……。

あとがき

こんにちは。もしくは、はじめまして。黒崎あつしでございます。

お寒うございますね。湯たんぽと生姜とお燗で暖を取る今日この頃です。


ささて、今回のお話は記憶喪失もの。

もはやレトロで使い込まれた感があるテーマだからこそ、書き甲斐もあって、あれこれ考えて書くのが楽しかったです。

イラストを引き受けてくださった金ひかる先生に、心からの感謝を。

キャララフを拝見して、嬉しくて小躍りしてしまいました。

いつも楽しく気分を盛り上げてくれる担当さん、毎度どうもありがとうです。

この本を手に取ってくださった皆さま、読んでくれて嬉しいです。ありがとう。

皆さまが、少しでも楽しいひとときを過ごされますように。

またお目にかかれる日がくることを祈りつつ……。

二〇一二年二月

黒崎あつし

✦初出　恋する記憶と甘い棘……………書き下ろし
夢みる記憶…………………………書き下ろし

黒崎あつし先生、金ひかる先生へのお便り、本作品に関するご意見、ご感想などは
〒151-0051 東京都渋谷区千駄ヶ谷4-9-7
幻冬舎コミックス　ルチル文庫「恋する記憶と甘い棘」係まで。

幻冬舎ルチル文庫
恋する記憶と甘い棘

2012年2月20日　第1刷発行

✦著者	黒崎あつし　くろさき あつし
✦発行人	伊藤嘉彦
✦発行元	株式会社 幻冬舎コミックス 〒151-0051 東京都渋谷区千駄ヶ谷4-9-7 電話 03(5411)6432[編集]
✦発売元	株式会社 幻冬舎 〒151-0051 東京都渋谷区千駄ヶ谷4-9-7 電話 03(5411)6222[営業] 振替 00120-8-767643
✦印刷・製本所	中央精版印刷株式会社

✦検印廃止

ISBN978-4-344-82455-3　C0193　Printed in Japan